W0303459

Langenscheidt

Love at Second Sight – Liebe auf den zweiten Blick

von Herbert Friedmann

Langenscheidt

Berlin · München · Wien · Zürich · New York

Lektorat: Barbara Müller
Muttersprachliche Durchsicht: Charlotte Collins
Coverzeichnung: Kirill Chudinskiy

Für meine Tochter Amelie
und mit einem Dankeschön an Regina Werner für die englischsprachige Unterstützung

Internetadresse: www.langenscheidt.de

Umwelthinweis: Gedruckt auf chlorfrei gebleichtem Papier

Druck: Mercedes-Druck GmbH, Berlin
Printed in Germany

ISBN 13: 978-3-468-20472-2
ISBN 10: 3-468- 20472-8

1. 2. 3. 4. 5. * 10 09 08 07 06

NEUIGKEITEN und eine Theorie

„Amelie!"

Ich höre es am Klang ihrer Stimme. Meine liebe, treu sorgende Mutter ist mal wieder total genervt. Gleich wird sie in mein Zimmer stürmen und ihre miese Laune an ihrer besten und einzigen Tochter auslassen. Vielleicht hat sie ja mal wieder Stress im Beruf. Mama arbeitet als Fotografin für unsere Lokalzeitung und hetzt von einem Termin zum nächsten. Sie muss den Bürgermeister fotografieren, wenn er irgendwo eine Rede hält, und den Vorsitzenden des Kleingartenvereins, wenn die Apfelernte besonders gut oder besonders schlecht ausgefallen ist, Feuerwehrmänner, wenn sie eine Katze von einem Baum oder aus einem brennenden Haus gerettet haben.

„Amelie!"

Ich bin ja nicht schwerhörig, auch wenn Mama immer behauptet, vom überlauten Hören meiner Lieblingsmusik hätte ich schon einen Gehörschaden. Aber die Songs der Electric Boys muss man bei voller Lautstärke hören. Erst dann ist der Genuss vollkommen. Und erst dann kommt die spitzenmäßige Stimme von Rico so richtig zum Tragen. Rico ist der Leadsänger der Electric Boys und einfach ein Traumtyp. Ich weiß alles über ihn: blaue Augen, dunkelblonde Haare, Schuhgröße zweiundvierzig, einhundertneunundsiebzig Zentimeter groß, schlank, muskulös, einfühlsam, verständnisvoll, melancholisch, schüchtern, einsam und

auf der Suche nach der großen Liebe. Denn bisher hat er immer Pech gehabt in der Liebe. Die Mädchen, in die er sich verknallt hat, wollten nur mit ihm gehen, weil er reich und berühmt ist. Von mir aus könnte er arm sein wie eine Kirchenmaus und so unbekannt wie die Kassiererin im Supermarkt bei uns an der Ecke. Einen Traumboy wie Rico muss man einfach lieben!
Er mag Kinder und Katzen, wurde vor neunzehn Jahren in London geboren, hat mit sechzehn die Schule geschmissen und zwei Monate später die Electric Boys gegründet, mag Muffins und Gedichte, kann selbst Muffins backen und Gedichte schreiben und hat einen supertollen Kussmund. Leider gibt es noch kein Buch mit seinen Gedichten, aber im Internet sind ein paar auf seiner Website veröffentlicht. Mein Lieblingsgedicht heißt:

Butterfly Dreams

I know you're out there somewhere.
I meet you at night in my dreams.
On the beach, on a sand **dune** I see you lie,
Your smile, your **beauty** makes me **sigh**.
I **turn into** a butterfly
And kiss every pore of your skin.

dune Düne
beauty Schönheit
to sigh seufzen
to turn into sth (sich) in etwas verwandeln

„Amelie!"
Ich drehe die Musik leiser, schiebe den Briefblock unter meine Schreibmappe, klappe schnell das Mathe-

buch auf und schaue mit wichtiger Miene zur Tür. Mama stürzt in mein Zimmer, als jagte sie einen Schwerverbrecher. Sie stolpert über einen Schuhkarton, in dem ich ein paar Kindheitserinnerungen aufbewahre: meinen ersten Milchzahn, meine ersten Schuhe, meinen ersten Schnuller, ein Unterwasserfoto beim Babyschwimmen mit meinem Papa.

„Amelie!“

Mama verliert das Gleichgewicht und fliegt in meine fangbereiten Arme. Sie ist zwar nicht übergewichtig, aber auch nicht unbedingt eine Feder. Jedenfalls reißt sie mich aus meinem fünffüßigen Bürostuhl, und wir krachen engumschlungen gegen den CD-Ständer neben meinem Schreibtisch. Die CDs prasseln auf uns herab. Nach einer Schrecksekunde gickeln und gackeln Mama und ich um die Wette. Wir stellen beide fest, dass wir gerade ein besonders inniges Mutter-Tochter-Verhältnis haben.

„Das kommt davon, wenn man ohne anzuklopfen ein fremdes Zimmer betritt“, sage ich und befreie mich aus der Umklammerung.

Mama knurrt etwas Unverständliches. Ihr Schuldbewusstsein hält sich anscheinend in Grenzen, leider auch ihr Verständnis für die Musik der Electric Boys, die man angeblich noch drei Straßen weiter hört.

„Hörte“, sage ich, denn ich habe sie längst zurückgedreht.

Mama hilft mir, die CDs aufzusammeln. Dann fiept ihr Handy. Plötzlich ist sie sehr in Eile: Irgendwo in der Stadt brennt ein Reifenlager. Mama soll sofort hinfahren und ein paar Fotos schießen. Endlich kann ich

wieder das tun, was ich seit einer halben Stunde tun möchte.
Ich warte, bis Mama das Haus verlassen hat, schiebe den Lautstärkeregler bis zum Anschlag, setze mich an den Schreibtisch, hole den Briefblock unter dem Mathebuch hervor und kann endlich den Brief an Rico fortsetzen:

Hi Rico,
Sorry, but I didn't have time to write to you yesterday. I had to go to the dentist with Ellen-Jo. As you know, Ellen-Jo is my best friend. She is also the only one who knows about you. Yesterday she had a terrible toothache, but she was also terribly afraid of the dentist. So she asked me to go with her. **After all**, that's what friends are for, don't you agree? In the end it wasn't too bad; she just had a little hole in a **molar**. In your photos you have always **such** brilliant white teeth. Do you use a special tooth-paste? I **recently** bought a **pretty** expensive **bleaching gel**, but my mum took it away. She thinks it's bad for the teeth. What's your secret? Apart from that, there's nothing new to tell you. Tomorrow afternoon I'll take our neighbour's dog for a walk again. She doesn't pay too badly. I'm looking for other jobs, **though**, so I can raise enough money for my flight to London. I can't wait – I'm sure we'll be able to meet up somewhere.

after all schließlich
molar Backenzahn
such so
recently vor kurzem
pretty *hier:* ziemlich
bleaching gel Bleichgel
though jedoch, aber

I'll make sure I come when you're not on tour with the band. Thank God for the Internet! You know, I'm a bit sad about the autograph cards you sent me. I know you're very busy and don't **get round to** writing letters. But perhaps you can e-mail me?

I've **written** in the visitor's book on your website, too. Did you read my letter there? Probably not. I guess the visitor's book is really **meant** for people who just want to say hi. **Besides**, it can be read by all the other users. That's why I didn't write anything **personal**. But e-mailing would be a good way **to get in touch**. Then I can save the **postage** and use it to pay for my flight!

When you're on tour, maybe you could go through your **mail** and answer my letters? I promise I won't **pass on** your address, not even to Ellen-Jo. I give you my word. Here's my e-mail address: Hupsel2412@Sunpower.de

My dad called me Hupsel when I was a baby. My birthday is the 24th of December. I know, it's not a great day to have a birthday. But my parents have found a way of dealing with it. In the morning we have breakfast together and I get my birthday presents, then in the evening we celebrate Christmas Eve; and we have my birthday party in January, when the holidays are over.

to get round to (doing sth) dazu kommen, (etw. zu tun)
to write (wrote, written) schreiben
meant bestimmt
besides außerdem
personal persönlich
to get in touch Kontakt aufnehmen
postage Porto
mail Post
to pass on weitergeben

Do you believe in **horoscopes**? Ellen-Jo reads them all the time. You're a Leo – Leos are **romantic, warm-hearted** and **generous**. Capricorns like me are **faithful, reliable** and careful. So I think we suit each other pretty well.
I'm going to **post** the letter now – the **postman empties** the letterbox in twenty minutes! I send you a big **hug** and kiss,
love,
Amelie

horoscope Horoskop
romantic romantisch
warm-hearted warmherzig
generous großzügig
faithful treu
reliable zuverlässig
to suit passen (zu)
to post abschicken
postman Postbote
to empty leeren
hug Umarmung

In meiner Schublade liegt ein Stapel Briefumschläge, auf denen die Anschrift von Rico steht. Auch eine Briefmarke habe ich schon aufgeklebt. Nun muss ich nur noch über die Straße und meinen Brief in den gelben Kasten stecken. Komisch, ich habe dabei jedes Mal wieder Herzklopfen. Ich wünsche mir dann, ich könnte mich in eine Brieftaube verwandeln und mit dem Brief im Schnabel nach London fliegen ...
„Autsch!" Ich bin ungebremst gegen einen Plakatständer gerannt. Vermutlich ist mein rechtes Schienbein gebrochen, und ich werde den Rest des Sommers mit einem Gipsbein rumlaufen müssen. Wieso steht dieses blöde Teil auch mitten auf dem Gehweg? Ich trete einen Schritt zurück, genieße, wie der Schmerz allmählich nachlässt, reibe noch ein bisschen den verwundeten Knochen und dann verwundert

meine Augen. Das gibt es doch nicht. Ich bin gegen Rico gekracht! Er strahlt mich überlebensgroß an mit seinen traurigen blauen Augen, schenkt mir sein schönstes zahnpastaweißes Lächeln und streckt mir die rechte Hand entgegen. Am liebsten würde ich nach ihr greifen und sie niemals mehr loslassen. Hinter Rico verstecken sich die drei anderen Bandmitglieder: der Bassist John, der Drummer Pete und der Gitarrist und zweite Sänger Tony. Die sind auch ganz nett, aber im Vergleich zu Rico halt nur Durchschnitt. Irgendwie ähneln sie den Typen in meiner Klasse: große Klappe, nichts dahinter und so einfühlsam wie ein Rasenmäher. Der Schmerz ist nun vollkommen abgeklungen, denn was ich auf dem Plakat lese, ist die beste Arznei gegen Wehwehchen jeglicher Art:

Einmaliges Konzert der Electric Boys in Deutschland am 3. August in Darmstadt in der Alten Markthalle. Beginn: 20 Uhr. Einlass ab 19 Uhr. Kartenvorverkauf an allen bekannten Vorverkaufsstellen oder im Internet unter www.TheElectricBoys.co.uk/tickets.

Mein Herz schlägt bis in den Hals, überschlägt sich fast. Vor meinen Augen tanzen rosafarbene Pünktchen. Gleich werde ich abheben und kreuz und quer durch das Weltall düsen, in der Milchstraße zwischenlanden und anschließend auf der Venus Saxophon spielen. Dabei kann ich gar kein Saxophon spielen, nicht einmal Blockflöte. Aber im Augenblick habe ich das Gefühl, alles, wirklich alles zu können, wenn ich es nur versuchen würde. Ich könnte vor Freude singen, tan-

zen, lachen, schreien, wildfremde Menschen umarmen und abknutschen, auf den Händen gehen oder eine Hausfassade hochklettern. Plötzlich scheint es keine Grenzen mehr zu geben, ein grenzenloses Leben, wie ich es mir schon lange gewünscht habe.
„Kannst du nicht aufpassen?“ Ein dicker Zeigefinger schießt in die Luft und bleibt drohend vor meiner Nase stehen. Mein zweiter Zusammenprall innerhalb weniger Minuten. Diesmal allerdings von der unangenehmen Art: eine übel gelaunte Frau mittleren Alters, der ich auf den Fuß gestiegen bin. Soll ich sie an meinem Glück teilhaben lassen? Eine blöde Idee, die ich schnell verwerfe. Statt dessen murmele ich eine Entschuldigung und drücke mich an dem Zeigefinger vorbei.
„Beim nächsten Mal besser aufpassen!“, belehrt mich die Frau.
Mein Stimmungshoch ist leicht gesunken, als ich die Straße überquere. Zuhause wähle ich mich erst einmal ins Internet ein und rufe Ricos Website auf. Dort stand bisher nichts von einem geplanten Konzert in Deutschland. Vielleicht handelt es sich bei dem Plakat um einen üblen Scherz. Aber wer sollte mich anschmieren wollen? Ellen-Jo? Nein! Für sie würde ich meine Hand ins Feuer legen. Oder habe ich geträumt? Das Plakat, das Konzert, Rico ...?
Mist! Das Internet ist heute nicht mein Freund. Ich fliege gleich wieder raus. Okay, ich rufe Ellen-Jo an. Sicher weiß sie noch nichts von der größten Sensation des Jahres, denn sonst hätte sie sich längst bei mir gemeldet.

Besetzt! Ich drücke im Dreißigsekundentakt die Wahlwiederholung. Mit wem sie wohl so lange quatscht? Ich weiß nichts von einem Freund, auch nichts von einer Freundin. Denn es gilt bei uns das erste Gebot einer echten Freundschaft: Du sollst keine andere beste Freundin neben mir haben!
Endlich! Die Leitung ist frei. Leider erwische ich nur ihre Mutter. Anna Pussalla ist eine seltsame Frau. Wenn sie lacht, lacht sie zu laut, aber oft lacht sie sowieso nicht. Sie ist so ganz anders als meine Mutter und irgendwie kann ich mit ihrer stillen Art nichts anfangen.
„Hi, Frau Pussalla. Kann ich mal Ellen-Jo sprechen?"
Ich hoffe, dass meine absolut echte Fröhlichkeit ansteckend wirkt und schiebe noch ein Lachen hinterher. Frau Pussalla stöhnt, und ich kann mir die passende Miene dazu vorstellen. Dann ruft sie nach ihrer Tochter und übergibt ihr gleich darauf den Hörer.
„Hi, how are you?", frage ich Ellen-Jo.
Wir haben nämlich beschlossen, uns nur noch auf Englisch zu unterhalten, weil wir ja gemeinsam nach London fliegen wollen. Und dort wird nun mal überwiegend Englisch gesprochen. Außerdem will ich mich mit Rico perfekt verständigen können. Letzten Sommer bin ich mit Ellen-Jo in Brighton gewesen. Wir haben zwei Wochen Englisch gelernt, jeden Tag fünf Stunden. Gewohnt haben wir in einem Hotel, ein Doppelzimmer. Es ähnelte eher einer Studentenbude, und es gab nur ein Bad auf der Etage. Aber wir haben viel Spaß gehabt. Unseren Englischkenntnissen hat es natürlich auch genützt, sehr sogar. Ich wäre in den Ferien gerne

wieder nach Brighton gefahren, aber der Kurs ist ziemlich teuer und die Anreise auch nicht ohne. Außerdem wollen Ellen-Jo und ich ja auch so schnell wie möglich nach London fliegen.
„I'm fine", sagt Ellen-Jo. „Have you already done your homework?"
„Who were you talking to for such a long time?" Ich kann meine Neugierde nicht unterdrücken und bin sehr gespannt auf ihre Antwort.
„That was my mum", sagt sie. „She has a new boyfriend!"
„Really? That's exciting", antworte ich und hätte besser geschwiegen, denn Frau Pussalla hat seit einiger Zeit jeden Monat einen neuen Freund. Männer, die sie nachts aus dem Internet fischt. Das geht ganz leicht, behauptet Ellen-Jo. Man legt sich einen Nickname zu und begibt sich in einen Chatraum und tippt halt einfach drauflos. Das übliche Blabla, meint Ellen-Jo. Ich habe keine Ahnung vom üblichen Blabla. Aber ich kann mir auch nicht vorstellen, einen Jungen im Internet kennen zu lernen. Wozu auch? Meine große und einzige Liebe heißt Rico!
Ellen-Jo redet ohne Punkt und Komma und rattert mir einen Mums-neuer-Lover-Satz nach dem anderen ins Ohr.
„Mum's new boyfriend works as a **flight attendant**. Do you know what this means?", fragt sie.
„Probably that he's away a lot of the time", antworte ich und räuspere mich ungehalten. Aber Ellen-Jo ist nicht zu bremsen.
„Right!", knallt sie mir entgegen. „And it means that we can get a great **discount** when we fly to London."

flight attendant Flugbegleiter(in)
discount Rabatt

to be afraid fürchten
by then bis dahin
salesman Verkäufer(in)
to stock up aufstocken

„That sounds good, but **I'm afraid by then** your mother will have another boyfriend“, sage ich. „Maybe a shoe **salesman**. We can **stock up** on shoes, because of course we'll get a great discount. Or she'll get to know an ice-cream salesman and we'll be eating ice cream for the rest of the summer.“

Endlich ist es mir gelungen, Ellen-Jo zum Schweigen zu bringen. Noch weiß ich nicht, ob es sich dabei um beleidigtes oder ein überraschtes Schweigen handelt.

„That's not fair“, sagt sie nach einer Weile und klingt dabei, als wollte sie gleich weinen.

„Sorry“, murmele ich. Das war wohl etwas zu heftig gewesen. Dabei mokiert sie sich doch selbst immer über den hohen Verschleiß ihrer Mutter an „Internet-Hechten“. Aber ich will die Wunde nicht noch vertiefen und wiederhole meine Entschuldigung. Ellen-Jo nimmt sie zögerlich an.

„He's coming to Germany!“, platze ich nun mit meiner neuesten Nachricht heraus.

„Who?“

„Rico!“

„Rico?“ Es klingt, als wüsste Ellen-Jo nicht, wen ich meine.

„Rico and the Electric Boys!“, helfe ich ihr auf die Sprünge.

„How do you know?“, fragt sie.

Ich erzähle von meinem Zusammenstoß mit dem Plakatständer und ziehe schließlich meine Trumpfkarte. „And guess where they're going to play!“

„In your room?"
Manchen Leuten ist einfach nicht zu helfen. Ich übergehe ihre Bemerkung. „The Electric Boys are giving just one concert in Germany", fahre ich sachlich fort. „In the Old Market in Darmstadt, on the third of August."
„Really? On August the third?", wiederholt sie mehrmals. „Are you sure? August the third?"
„I'm not one of those German PISA **study failures**", kontere ich. „I can read. And there's nothing wrong with my **memory** either."
Ellen-Jo lacht, wird aber gleich wieder ernst und nervt mit dem Datum des Auftritts. Ich verstehe nicht, warum sie den 3. August so außergewöhnlich findet, ein Datum wie jedes andere auch. Ich habe schon nachgeschlagen im Kalender: Der 3. August fällt in die Sommerferien und auf einen Donnerstag. Das passt doch hervorragend.
„The third of August is Rico's birthday!", klärt Ellen-Jo mich auf.
„So what?"
„Don't you know what this means?", hakt Ellen-Jo nach.
„Sorry, but I don't", sage ich. „He has to work on his birthday. **Bad luck**. **It happens to the best of us**."
„Oh, Amelie", seufzt Ellen-Jo.
„Oh, Ellen-Jo", seufze ich zurück.
Dann rückt Ellen-Jo mit einer abenteuerlichen Theorie heraus: „Rico is giving a concert on his birthday. This is the only one in Germany. And where's it going to

study Studie
failure Versager(in)
memory Gedächtnis
So what? Na und?
bad luck Pech
It happens to the best of us. Kann jedem passieren.

be? Right! In Darmstadt. And Michelstadt is only thirty kilometres away from Darmstadt."

Bis hierhin kann ich ihr mühelos folgen. Nur verstehe ich nicht, warum sie in diesem oberlehrerhaften Ton mit mir redet. Sie mag ja in der Schule einen Tick besser sein als ich, aber die absolute Überfliegerin ist sie auch nicht. Hab ich irgendetwas noch nicht kapiert?

„Rico's read your letters, and he's decided to come to Darmstadt because he wants to celebrate his birthday with you", fährt sie fort. „Otherwise he could have chosen Hamburg or Munich or Berlin or even Hachelbich for his concert."

Ich muss gestehen, ich bin beeindruckt. Andererseits hätte sie auch behaupten können, die Erde wäre eine Scheibe.

„Do you really think he's organized this concert just for me?", stammele ich.

„Exactly, sweetie", sagt sie.

Oh, sie nennt mich „Süße". Dann ist meistens Gefahr in Verzug. Das heißt, sie möchte etwas von mir. Und wenn es nur die grenzenlose Bewunderung ihrer Klugheit ist. Diesmal scheint es aber liebevoll gemeint zu sein.

„Can you **prove** your **theory**?", möchte ich wissen, obwohl ich natürlich weiß, dass es nicht den geringsten Beweis dafür geben kann.

„I've no **proof**, but a lot of **circumstantial evidence**", sagt sie. Man merkt gleich, dass sie für ihr Leben gern Krimis liest.

„So I'll find an invitation from Rico in my letterbox in the next few days?", sage ich.

to prove beweisen
theory Theorie
proof Beweis
circumstantial evidence Indizien

„Possibly", brummt Ellen-Jo. „An invitation and two tickets."
„Why two?"
„I **assume** he'll also **enclose** a ticket for your best friend", sagt Ellen-Jo und kichert.

to assume
annehmen
to enclose
beilegen

Dagegen lässt sich nichts einwenden. Plötzlich bin ich mit meinen Gedanken beim Konzert und der möglichen Geburtstagsfete danach. Ich denke über ein Geschenk nach, überlege, was ich anziehen könnte und merke, dass mir diese eigentümliche Theorie immer besser gefällt.
„Are you still there?", fragt Ellen-Jo.
„No", sage ich wahrheitsgemäß und beende unser Gespräch. Ich muss jetzt sofort Ricos Stimme hören, dabei unter die Bettdecke kriechen, mir Schmetterlingsflügel wachsen lassen und zu meinem Traumboy fliegen.
Die Flügel sind nicht einmal ansatzweise gewachsen, da hämmert es schon gegen meine Zimmertür. Wie es aussieht, muss Papa heute ausnahmsweise keine Überstunden machen. Meistens arbeitet er länger, weil er in seinem Büro noch etwas schrecklich Wichtiges zu erledigen hat. Er arbeitet in einem kleinen Verlag, der Ratgeber für alle Lebenslagen druckt und verkauft. Papa liest, was die Autoren geschrieben haben und verbessert es: Wege zu einem glücklichen Leben ... Wie finde ich meinen Traumpartner ... Erfolgreich in Schule und Beruf ...
„Hi." Ich rücke mein allerliebstes Tochterlächeln ins Gesicht. Papa runzelt die Stirn und bewegt die Lippen.

Aber ich verstehe kein Wort. Er dreht die Musik ab. Ich behalte mein allerliebstes Tochterlächeln. Seine Gesichtszüge entspannen sich.
„Wie war dein Tag?“, will er wissen.
„Wie gestern und vorgestern und vorvorgestern“, antworte ich, obwohl es ja nicht stimmt. Ich weiß ja erst seit heute von dem Konzert, doch darüber möchte ich im Augenblick nicht reden. Die seltsame Theorie, die Ellen-Jo in die Welt gesetzt hat, wird mich noch eine Weile beschäftigen.
Papa nickt verständnisvoll und sieht sehr müde aus. Ich glaube, mich würde es auch ermüden, wenn ich jeden Tag das lesen müsste, was andere geschrieben haben. Er fragt nach Mama.
„Irgendwo in der Stadt brennt es“, sage ich.
Er öffnet seine Aktentasche und hält mir eine Zeitung unter die Nase: Rico, geschrumpft zur Größe einer Postkarte, streckt mir die rechte Hand entgegen.
„Das ist er doch“, sagt Papa.
„Wer?“
„Das ist doch dieser Rico“, sagt Papa. „Dein Schwarm ...“
Mein allerliebstes Tochterlächeln verwandelt sich in eine Wutfratze. Ich habe die ewigen Sticheleien satt. Seit Papa mitbekommen hat, dass ich Rico regelmäßig Briefe schreibe, zieht er mich jeden Tag damit auf. Ich glaube, es ist die pure Eifersucht. So habe ich es einmal in einer Frauenzeitschrift gelesen: Väter sind immer eifersüchtig auf die Freunde ihrer Töchter.
„Freust du dich?“, fragt Papa.
Männer können manchmal wirklich extrem dumme Fragen stellen!

ÜBERRASCHUNG mit Haken

Theorien sind Theorien sind Theorien sind Theorien sind ... Papa sagt, zwischen Theorie und Praxis würde meistens eine unüberwindbare Lücke klaffen. Als Beispiel führt er die Ratgeber aus seinem Verlag an. Theoretisch könne jeder reich, berühmt, erfolgreich und glücklich werden, aber praktisch seien die Wege dorthin für jeden Menschen unterschiedlich und für viele zu beschwerlich und bei Licht besehen unerreichbar. Irgendetwas würde halt immer fehlen. Wer reich sei, müsse nicht unbedingt auch zufrieden sein und erst recht nicht glücklich.

Wenn Papa erst einmal in Fahrt gekommen ist, lässt er kein gutes Haar an den Manuskripten, die er jeden Tag liest und verbessert. Und ich frage mich, warum er nicht auf Pizzabäcker oder Parkwächter umschult. Aber ob er in einem anderen Beruf zufriedener wäre, ist halt auch nur eine Theorie.

Und nun ist zu all den Theorien in dieser Welt eine weitere hinzu gekommen. Sie betrifft nur mich. Sie beunruhigt mich. Sie beglückt mich zeitweilig. Sie verfolgt mich bis in den Schlaf. Ich träume sozusagen die Praxis:

Ellen-Jo und ich in der Alten Markthalle in Darmstadt. Ich habe keinen blassen Schimmer, wie viele Leute in den großen Saal passen. Mit Sicherheit mehr als zwei. Der Typ am Saaleingang hat uns einfach durchgewunken und sich dabei verbeugt wie ein Lakai. Nun stehen

Ellen-Jo und ich vor der dunklen Bühne und starren auf den schwarzen Vorhang. Wir sind total allein. Im Saal könnte man die berühmte Stecknadel fallen hören. Haben wir uns im Datum geirrt? Falscher Tag, falsche Uhrzeit? Oder sind wir in einer anderen Stadt gelandet? Ich kann mir jedenfalls nicht vorstellen, dass die Electric Boys nur zwei Fans in Darmstadt haben.

„Perhaps we'd better go", sage ich.

„Are you crazy? I'm staying. I'm looking forward to the concert", antwortet Ellen-Jo.

Und plötzlich ist sie doch wie vom Erdboden verschluckt, und ich fühle mich so einsam und verlassen wie noch niemals in meinem Leben. Ich könnte heulen, verdrücke schließlich ein paar Tränen, möchte auch gehen und kann mich nicht von der Stelle rühren. Ich habe keine Ahnung, wie viel Zeit schon vergangen ist. Ich bin hungrig und durstig, ich bin wütend und traurig, ich bin allein ...

Auf einmal wird die Bühne von einem gelben Scheinwerfer angestrahlt. Der schwarze Vorhang öffnet sich einen Spalt breit in der Mitte. Rico tritt hervor. Er sieht außerirdisch gut aus: weißer Anzug, weiße Schuhe, schwarzer Seidenschal. Er winkt mir zu. Ich winke zurück.

„I'm so **glad** you **accepted** my invitation", sagt er. „I've read all your letters. I'm sorry I never answered any – I was just too busy. So to **make up for** it, today I'll sing just for you. And then you're invited to my birthday party in the best hotel in town. I've **reserved** a suite for us. Three **chefs** will **cook**

glad froh
to accept annehmen
to make up for wieder gut machen
to reserve reservieren
chef Koch, Köchin
to cook kochen

for us and two waiters will be there to **obey** your every **command**. I promise you, we'll have a great time together."

to obey gehorchen
command Befehl

Er schnippt dreimal mit den Fingern. Die ersten Takte des letzten Superhits der Electric Boys ertönen aus den Boxen: *Do you know how much I love you?* Mir schießen die Tränen in die Augen. Leider habe ich nicht einmal ein Papiertaschentuch dabei. Rico schnippt erneut mit den Fingern. Die Musik hört auf. Er tritt einen halben Schritt vor. Ich würde mich gerne in seine Arme schmeißen, aber ich kann mich noch immer nicht bewegen.

„Oh, I almost forgot", sagt er. „You must have brought a birthday present for me! I love presents."

„Sorry, but I forgot", sage ich.

„I forgot, I forgot, I forgot", äfft er mich nach.

Mir wird abwechselnd heiß und kalt. Natürlich ist es unverzeihlich, dass ich ohne ein Präsent zu seiner Geburtstagsparty erschienen bin. Ich fühle mich, als ob ich mich selbst angeschmiert hätte und ...

„Amelie!"

Erst glaube ich an ein Wunder: meine liebe, treu sorgende Mutter, die in letzter Sekunde an ein Geschenk gedacht hat und es mir nun vorbeibringt.

„Amelie!"

Muss sie deshalb brüllen wie ein Feldwebel? Ich verabschiede mich aus meinem Traum und öffne die Augen.

„Hast du den Wecker nicht gehört?", fragt Mama.

Was soll ich dazu sagen? Eine Minute nach dem Aufwachen möchte ich gar nichts sagen, erst recht nichts hören, nicht einmal Musik.

„Kannst du mich nicht einfach in Ruhe lassen", knurre ich. „Bitte nicht in diesem Ton", sagt sie. „Wenn du den Bus verpasst, werde ich dich nicht mit dem Auto zur Schule bringen. Hast du verstanden?"

Als ob das eine Strafe wäre. Dann laufe ich eben und kann die erste Stunde abhaken. Mir doch egal. Sie geht türenknallend. Ich habe große Lust, mich wieder in die Decke zu wickeln und einen anderen Traum zu träumen. Aber zwei Minuten später steht Mama schon wieder im Türrahmen. Ehe sie mich mit Gewalt aus dem Bett zerrt, gehe ich lieber freiwillig ins Bad.

Nach dem Duschen ist meine Morgenmuffeligkeit verflogen. Ich stärke mich mit einem Früchtemüsli für den Tag, schultere meinen Rucksack und erreiche in letzter Sekunde den Bus. Ellen-Jo hat mir einen Platz freigehalten. Wir begrüßen uns mit einem Wangenkuss. Ich mag das Geküsse nicht besonders. Aber Ellen-Jo gefällt es. Jeder Mensch hat halt seine Macken, die man hinnehmen muss.

„I spoke to mum's new boyfriend", bestürmt Ellen-Jo mich. „If we want, he can find out about getting a cheap flight to London. He says it's no problem."

to go on at sb
jdn vollquatschen

„Does your mum's new boyfriend have a name?", frage ich.

Ellen-Jo tut so, als müsse sie sich erst besinnen. „Peter", sagt sie nach einer ungewöhnlich langen Pause.

„Let's wait and see", sage ich.

„What's wrong with you?", entgegnet Ellen-Jo aufgebracht. „You've been **going on at me** about this for

half a year now. All day you **drivel on** about London and talk about nothing but your Rico. Now we have the chance to visit him and you ..."
Eine Vollbremsung schüttelt alle im Bus durcheinander. Der Fahrer beschimpft einen Radfahrer, der ihm angeblich die Vorfahrt genommen hat. Dann erreichen wir endlich das Astrid-Lindgren-Gymnasium, einen hässlichen Betonklotz aus den siebziger Jahren, den die Kunst-AG mit Graffiti aufgepeppt hat.
Die ersten beiden Stunden, Mathe und Biologie, rauschen an mir vorbei. Ich lasse die Lehrer in Ruhe, sie danken es mir und schenken mir ebenfalls keine Beachtung.
„I wonder when the tickets for the concert will arrive", sagt Ellen-Jo in der Pause.
„Oh, please, Ellen-Jo." Manchmal kann sie einem ganz schön auf den Wecker gehen. „Your theory is rubbish." Im Laufe der letzten Stunden haben sich sämtliche Traumfarben in das Grau der Wirklichkeit verwandelt. „It's pure **coincidence** that the concert is on Rico's birthday", fahre ich fort.
„Ah. And is it also a coincidence that he'll be singing here, in Darmstadt?", fragt sie mit einem leicht gekränkten Unterton. „Do you want to know something about coincidence? It doesn't **exist**. Everything in life is **predetermined.** Everything has a special meaning, even if we only realize what it is much later. Understand?"
„Fantastic!", antworte ich. „If everything is predetermined anyway, then why do I **bother** about anything?

to drivel on dummes Zeug plappern
coincidence Zufall
to exist existieren
predetermined vorherbestimmt
to bother sich mit etwas abgeben

Why do I **study**? It's already predetermined **whether** I get an E or an A in maths."

Habe ich sie aus der Fassung gebracht? Es sieht ganz danach aus. So nachdenklich habe ich sie lange nicht erlebt. Mit meinem fabelhaften logischen Denken habe ich ihre Zufalls-Theorie gnadenlos zerpflückt. Sie tut mir fast ein bisschen Leid. Aber dann holt sie zum Gegenschlag aus: „It's **obvious** that you **haven't got a clue** about **esoteric** ideas. Predetermination doesn't mean not **caring** about anything. If you stop learning, that's your decision. If you then **fail** your **exams**, it's neither **destiny** nor chance. If you don't go to the Electric Boys concert, you'll never find out whether Rico wants to celebrate his birthday with you or not. It's your decision. **Fate** can only give you **indications**. It's your own **fault** if you don't follow the **signs**."

to study lernen, studieren
whether ob
obvious offensichtlich
to not have a clue keinen Schimmer haben
esoteric esoterisch
to care about sth sich um etwas kümmern
to fail durchfallen
exam Prüfung
fate das Schicksal
destiny Schicksal
indication Hinweis
fault Schuld
sign Zeichen

Gut möglich, dass Ellen-Jo heimlich die Ratgeber liest, die in Papas Verlag veröffentlicht werden. Jedenfalls finde ich meine Freundin unheimlich weise, und ich komme mir klein und dumm vor.

„All right, if you say so. I'll follow the signs", sage ich und überspiele meine Unsicherheit mit einem lauten Lachen.

„Unterhaltet ihr euch wieder auf Englisch?", platzt Lisa dazwischen.

Ellen-Jo nickt. Lisa tippt sich gegen die Stirn und läuft zu den anderen Mädchen, die nun alle zu uns rüberschauen. Für die haben Ellen-Jo und ich einen gewaltigen Sockenschuss. Vielleicht sind sie auch nur neidisch, weil wir in Englisch die superguten Noten haben. Manchmal lesen wir auch englische Bücher und englische Zeitschriften, die mein Vater aus dem Verlag mitbringt.

Wissen macht einsam. Ich möchte jedenfalls keine Dumpfbacke sein, die nur über den neuesten Lidschatten und die letzte Seifenoper Bescheid weiß.

Die restlichen Schulstunden vergehen zwar nicht im Fluge, aber ohne besondere Vorkommnisse. Ich muss noch ein paar Mal daran denken, was Ellen-Jo über Zufall und Schicksal gesagt hat. Wird der 3. August mein Schicksalstag werden?

Der 4. Juli wird es mit Sicherheit nicht, denn der Briefkasten ist mal wieder gähnend leer. Keine Zeile von Rico, keine Tickets, nicht einmal die üblichen Autogrammkarten, die zwei- bis dreimal in der Woche eintrudeln.

Ich schiebe Frust und einen Teller mit Nudeln und Tomatensoße in die Mikrowelle, esse ohne großen Appetit, trinke eine Flasche Apfelschorle, höre die neue CD der Electric Boys: *Do you know how much I love you?* Ich drücke auf Repeat, bei der dritten Wiederholung fließen die Tränen. Wenn Rico nur wüsste, wie sehr ich ihn liebe! Wenn ich nur wüsste, ob er einen einzigen Brief von mir gelesen hat. Ehe ich in der schwarzen Brühe aus Weltschmerz, Liebeskummer und Selbstmitleid ertrinke, wähle ich mich ins Internet ein und klicke Ricos Homepage an. Ich bin in diesem Monat die neunundzwanzigtausendste Besucherin. Es gibt Neuigkeiten. Rico schreibt, dass ihm die deutschen

Fans ganz besonders am Herzen liegen. Deshalb habe er sich kurzfristig entschlossen, in Darmstadt mit den Electric Boys aufzutreten. Seinen Geburtstag erwähnt er mit keinem Wort. Dafür finde ich auf seiner Gedichteseite ein neues Gedicht:

The Lonely **Raven**

The lonely raven
Nobody **pays any attention** to him.
Nobody looks at him.
Alone he flies through the fog.
Alone he flees his **loneliness**.
Alone he looks for a nest.
I know just how he feels,
For I too am a lonely raven.

Schon wieder Tränen. Bald ist unser Vorrat an Papiertaschentüchern aufgebraucht. Ich verlasse die Website, das Internet, möchte jetzt gerne in den Arm genommen und getröstet werden, krame meinen zerzausten Tigerbär aus dem Kleiderschrank hervor und kuschele mich mit ihm in mein Bett.

raven Rabe
to pay (paid, paid) attention Beachtung schenken
loneliness Einsamkeit

Tigerbär ist fast so alt wie ich und ein Geschenk von meinem Papa. Ein grinsender Plüschtiger, den ich damals Bär nannte. Darum wurde daraus ein Tigerbär. So hat Papa mir die Geschichte erzählt. Für den Augenblick ist er mein einsamer Rabe, dem ich meinen Schmerz ins Ohr flüstere, und er trocknet mir die Tränen.

Draußen fährt ein Auto vor. Meine liebe, treu sorgende Mutter sorgt sich um ihre beste und einzige Tochter. Sie sieht mich in meinem echt katastrophalen Zustand, verliert kein Wort über die Lautstärke der Musik, stellt keine Fragen, streift einfach die Schuhe von den Füßen und kriecht zu mir und Tigerbär unter die Decke. Das ist zum Heulen schön, auch für Mama, die plötzlich viel bedürftiger und zerbrechlicher wirkt als ich.
„Hallo, jemand zuhause?" Papas Stimme setzt sich gegen *Do you know how much I love you?* durch. Mama und ich schauen uns an und müssen kichern. Papa klopft an der Tür. Wir bitten ihn lachend herein. Er sperrt den Mund auf und kratzt sich am Hinterkopf, ein kleiner Junge, der sichtlich verlegen ist. Mit einem Räuspern versucht er die Situation zu überspielen. Mama hilft ihm aus der Verlegenheitsfalle.
„Hattest du einen angenehmen Tag?", fragt sie und richtet sich auf.
„Danke der Nachfrage, wie immer", sagt Papa.
Er geht aus dem Zimmer, kommt gleich wieder zurück und entrollt ein Plakat: Rico und die Electric Boys.
„Ich bin extra in der Alten Markthalle gewesen", sagt er. „Dort arbeitet ein Bekannter von mir. Es geht doch nichts über Beziehungen."
Ich hauche ein Dankeschön. Papa setzt noch einen drauf. Gleich darauf wedelt er mit zwei Tickets. Die Überraschung ist ihm gelungen. Mit einem Satz bin ich aus dem Bett und hänge an seinem Hals. Ich möchte nicht übertreiben, aber es ist das tollste Geschenk, das ich in meinem vierzehnjährigen Leben bekommen habe. Und gleich zwei Karten! Ich finde es großartig,

dass Papa auch an Ellen-Jo gedacht hat. Ich wünsche mir sofort ein elternloses Zimmer, damit ich ungestört mit meiner besten Freundin telefonieren kann.
„Da wird Ellen-Jo sich aber freuen“, sage ich und gebe meinen Eltern zu verstehen, dass ich nun allein sein möchte.
„Worüber denn, Schatz?“, hakt Papa nach.
„Na, über die Eintrittskarte“, sage ich.
Aus meinem vermeintlich so großzügigen Papa wird ein kleinlicher Eurofuchser. Er kann es sich nicht verkneifen, den Eintrittspreis zu erwähnen, obwohl der ja dick und fett auf dem Ticket gedruckt steht. Ziemlich happig, aber Qualität hat nun einmal ihren Preis. Das sage ich Papa auch und erfahre endlich, was es mit der zweiten Karte auf sich hat. Sie ist gar nicht für Ellen-Jo bestimmt. Mama soll mich zu dem Konzert begleiten!
„Das kannst du dir abschminken!“, sage ich, nein, schleudere ich ihm entgegen.
„Bitte nicht in diesem Ton“, sagt er sanft wie ein Sozialarbeiter. Alles nur Schau, in Wirklichkeit ist er zum Platzen wütend. Ich schaue Hilfe suchend zu Mama. Will sie sich das wirklich antun und mich zu Rico begleiten? Sie mag die meisten seiner Lieder überhaupt nicht.
„Ich bin doch kein Baby mehr!“
„Wie du dich gerade aufführst, bin ich mir da nicht so sicher“, sagt Papa.
Mama schweigt. Sie könnte das Gezeter schlagartig beenden. Wenn meine Eltern mein Zimmer nicht verlassen, dann gehe ich halt. Und mit den Karten kann

Papa meinetwegen mit Mama zum Konzert nach Darmstadt fahren.
Ich gehe, laufe, renne. Die kuschelige Wärme ist längst zu Tiefkühltruhenkälte geworden. Ich erreiche die Innenstadt, weiche Touristen aus, die die Fachwerkhäuser fotografieren und lande nach vielen Umwegen vor dem Haus von Ellen-Jo. Ihr Mutter empfängt mich mit einem Glasreiniger und einer Papierrolle bewaffnet.
„Guten Tag, Frau Pussalla", begrüße ich sie.
„Was soll an diesem Tag schon gut sein?", entgegnet sie. Ausnahmsweise könnte ich ihr beipflichten. Aber ich habe keine Lust auf Weltuntergangsgerede. Lieber antworte ich gar nichts.
„Du kennst ja den Weg", sagt Frau Pussalla. Sie verschwindet im Bad. Sie reinigt dreimal am Tag den Badezimmerspiegel. Ein Zahnpastafleckchen auf dem Glas kommt einer mittleren Katastrophe gleich. Ellen-Jo hat es mir erzählt.
„Did the tickets arrive?" Ellen-Jo räkelt sich auf ihrem knallgelben Zweisitzersofa und verfolgt irgendeine Gerichtsshow: Ein paar abgefahrene Typen schreien durcheinander und beschimpfen sich auf die übelste Weise. Ich schnappe mir einfach die Fernbedienung und drücke die Schreihälse weg. Ellen-Jo protestiert nur schwach und fragt noch einmal nach den Tickets.
„Yes, they're here", antworte ich wahrheitsgemäß.
„You see, what did I tell you? Everything's going to be okay. Destiny is on your side!" Ellen-Jo kriegt sich gar nicht mehr ein.
„Nothing's going to be okay, just the opposite. My dad bought two tickets and ..."

„That's fine! Fate has chosen your father to **convey** the tickets to you. Don't worry about it! That's okay. But it was nice of him to think of me. I bet the tickets are **incredibly** expensive?"
„They are!"
Ellen-Jo fragt, ob sie sich an den Kosten beteiligen soll. Ich verneine.
„Fantastic", sagt sie.
„I don't think so", entgegne ich. „The price of the tickets is higher than you can ever imagine."
„Come on, don't **exaggerate**! Nothing against Rico and the Electric Boys, but compared to the Rolling Stones they're just **beginners**. My mum went to a Stones concert a few years ago. The ticket cost more than 100 euros."

to convey
befördern
incredibly
unglaublich
to exaggerate
übertreiben
beginner
Anfänger(in)

Ich pfeife leise durch die Zähne und erzähle, was Sache ist: „I'm afraid the second ticket isn't meant for you. It's for my mum. My dad wants her to go with me."
Meine Offenbarung ist ein wahrer Stimmungstöter. Ellen-Jo kaut auf der Unterlippe und stiert gegen die Zimmerdecke. „And what are you going to do?", fragt sie schließlich.
„What kind of question is that? Would you take your mum to a concert?"
Ellen-Jo schüttelt heftig den Kopf. Ich habe nichts mehr hinzuzufügen.

Ein Lovesong für Amelie

Hi Rico,

Strictly speaking, I didn't want to write to you again, because you didn't answer my last letter. I **admit** I was really disappointed. But then I told myself that you don't have time to answer your mail. Or is there another reason? Do you find me boring? What do you think of me? The photo I sent three weeks ago was taken in a **photo booth**, but it's the most **recent** one I have. My mother **hardly ever** takes pictures of me – although she is a **photographer**.

On your website I read that you don't **fancy** a **particular** type. You said you don't care about a girl's **looks**, and that you're more interested in her character. I think I have both inner and **outer** beauty – but I hope you feel the same.

I have to tell you that your concert in Darmstadt might have to **go ahead** without me. My dad **insists** that I can only go with my mother. It's stupid, isn't it? But I won't give in, although I'll cry my eyes out if it means I don't get to see you. My mum hasn't said a word up to now. I hoped so much that she would take my side, but I was

strictly speaking genau genommen
to admit zugeben
photo booth Fotokabine
recent neueres
hardly ever fast nie
photographer Fotograf(in)
to fancy sb jdn attraktiv finden
particular besondere
looks Aussehen
outer äußere
to go ahead vorangehen
to insist bestehen

to claim behaupten
responsible verantwortlich
independent unabhängig
human being Mensch
talk Gerede
to not be on speaking terms nicht miteinander sprechen
colleague Kollege
mood Stimmung
notebook Notizbuch
image Bild
during während
to stand sb up jdn versetzen
dog-sitting Hundesitten
tender zärtlich

wrong. Ellen-Jo suggested I take my mother with me and try to lose her. That's not a bad idea, but I don't want to do it. I can't behave like that or my parents will treat me like a baby for the rest of my life.
And my mother **claims** she's bringing me up to be a **responsible, independent human being**. It's all just **talk**!
We haven't **been on speaking terms** for three days now. I put the tickets back on Dad's desk. They're still lying there. I don't care whether he goes and gets his money back or gives them to a **colleague** or a friend.
I like your new poem about the lonely raven very much. You've really caught my **mood**. Yesterday I bought a **notebook**, because I'm going to try to write poems too. Up to now I haven't had any ideas, though. It seems to be quite difficult to find the right words for my feelings. How do you find your **images**? When do you write your poems? **During** the day or at night? In the shower, in your dreams, or on tour?
I must be going. Mrs Trampert and Kimba are waiting for me. I've **stood them up** twice and I don't want to lose my **dog-sitting** job.
A big hug and a **tender** chocolate kiss
Lots of love,
Amelie

Echte Hundefreude, als Kimba mich erblickt. Der Irish Setter wedelt mit dem Schwanz, springt an mir hoch und möchte mein Gesicht abschlecken. Aber so weit geht meine Hundeliebe nicht. Frau Trampert schaut mich stumm und anklagend an.
„Die Schule", sage ich zu meiner Entschuldigung. „Kurz vor den Ferien ziehen die Lehrer noch einmal alle Register und lassen eine Klassenarbeit nach der anderen schreiben."
„Kimba braucht eine zuverlässige Hundesitterin", sagt Frau Trampert streng. „Mein lädiertes Hüftgelenk erlaubt es mir leider nicht, mich um den Hund zu kümmern. Jedenfalls nicht so, wie das arme Tier es benötigt."
„Verstehe", murmele ich.
Der Hund zerrt ungeduldig an der Leine. Eigentlich führt er mich aus. Nach zwei Stunden im Park bin ich fix und alle und brauche eine heiße Dusche. Zuhause sitzt Mama in der Küche und telefoniert mit einer Freundin. Sie hebt die Hand, als sie mich sieht. Wie eine Polizistin, die einen Autofahrer bei einem Regelverstoß erwischt hat.
„Warte, ich muss mit dir reden", sagt sie.
„Ich möchte aber nicht mit dir reden!"
„Amelie!" Sie legt das schnurlose Telefon aus der Hand und folgt mir. „Amelie, so geht das nicht weiter. Wie lange wollen wir uns denn noch anschweigen?"
Ich habe keine Ahnung, bin schneller als meine liebe, treu sorgende Mutter, schließe mich im Bad ein, verwerfe die Dusche und ziehe die Badewanne vor.
„Amelie, wir sind doch hier nicht in irgendeiner Seifenoper." Höre ich da etwa Verzweiflung in ihrer Stimme?

Mir doch egal. Ich hätte allen Grund, verzweifelt zu sein, aber sie? Endlich kehrt Ruhe ein. Offenbar hat sie aufgegeben. Leider habe ich mich getäuscht. Kaum habe ich den Wasserhahn aufgedreht, da klopft sie auch schon gegen die Tür.
„Nimmst du ein Bad?“
„Ja!“
„Darf ich reinkommen? Während du in der Wanne liegst, könnten wir doch ungestört reden.“
„Nein!“
„Amelie, es geht um das Konzert. Ich dachte, es wäre dir wichtig. Deshalb dachte ich ...“
Das fällt meiner Mutter ziemlich spät ein, zu spät für meinen Geschmack. Ich schütte eine halbe Flasche Schaumbad ins Wasser, warte, bis die Wanne fast randvoll gefüllt ist, finde einen Beutel Teelichter im Hängeschrank unter dem Waschbecken und zum Glück auch eine Schachtel Streichhölzer. Ich stelle mindestens zwanzig Teelichter auf den Badewannenrand und steige vorsichtig in das dampfende Nass. Langsam gewöhnt meine Haut sich an die Hitze, und ich tauche ganz ein in das nach Zimt riechende Schaumbad.
„Amelie!“
„Jetzt nicht!“
Meine Mutter kapiert endlich, dass sie im Augenblick nicht erwünscht ist, und lässt mich in Ruhe. Ich schließe die Augen, tauche den Kopf unter, tauche wieder auf. Die Wärme umhüllt mich wie ein Mantel an einem frostigen Wintertag, warm und weich, geschützt und kuschelig wie in einer Höhle.

Ein Traum ist mir gefolgt, ein Rico-Tagtraum. Ich werfe ihn aus der Wanne. Er schwebt durch den Wasserdunst, bleibt an einem Haken an der Tür hängen. Er zappelt zwischen Papas und meinem Bademantel. Er ruft nach mir und möchte in die Wanne zurück.
„Dann komm halt zu mir, du dummer, kleiner Traum“, flüstere ich. Er lässt sich nicht zweimal bitten. Mit erstaunlicher Eleganz löst er sich vom Haken und vermischt sich mit dem Schaum. Er führt mich nach London, genauer gesagt in das fünfzig Kilometer südlich von London gelegene Landhaus, das Rico vor einem halben Jahr gekauft hat. Dreißig Zimmer, verteilt auf vierhundertzwanzig Quadratmeter, die er ganz allein bewohnt.
Im Musikzimmer unterm Dach steht ein großer weißer Flügel. Rico sitzt davor und spielt eine traurige Melodie. Auf einmal richtet er sich auf und wendet den Kopf langsam zu mir.
„Hi, Amelie. You've come at last. Nice to meet you.“
„Same here!“, sage ich und rücke ein Lächeln ins Gesicht.
„Did you hear me play?“, fragt er.
„Yes, it was wonderful.“
„Thanks. I'm glad you enjoyed the song. I wrote it just for you. That's why it's called 'Love Song for Amelie‘.“
Ich platze fast vor Stolz. Für mich hat noch niemand ein Lied oder ein Gedicht geschrieben.
„What about the **lyrics**?“, möchte ich wissen.

lyrics Liedtext
to flow fließen

„I always begin with the words. While I'm writing, a melody takes shape in my mind. Then I go to the piano and it just **flows** out of me.“

„You're a **genius**", sage ich.
„Not at all", sagt er. „Sometimes it's hard work finishing a song. But in this case the words and sounds came from the heart. A love song for Amelie ..."
„Really?"
„Really!", sagt er. „I read your letters every night before I go to sleep."
„Oh, **charming**! You mean my letters are like a kind of **sleeping pill**?"
„No, no, that's not what I meant at all."
Was ist das Gegenteil von einem Schlafmittel? Sind meine Briefe für ihn Muntermacher wie Cola oder Kaffee? Dann sollte er sie lieber beim Frühstück lesen.
„What *do* you mean, then?", frage ich und finde es echt süß, wie er errötet.
„I read your letters in bed, because ..."
„Because?"
„Your words give **wings** to my dreams."
Hat er das nicht wunderwunderschön ausgedrückt? Dafür könnte ich ihn knutschen. Worte, die beflügeln, das ist in meinen Ohren pure Poesie, der erste Satz für ein wunderschönes Liebesgedicht.
„I'd like to hear the love song for Amelie", bitte ich.
„Of course. I love singing it", sagt er.
Er rückt einen weißen Ledersessel neben den Flügel.
„Sit down and make yourself **comfortable**."
Ich kann jetzt nicht still sitzen und bleibe lieber neben ihm stehen. „I'm a bit excited", sage ich.
„I'm glad. I was beginning to think you were unbelievably cool. I'm excited too. I'm **sweating** and talking

genius Genie
not at all überhaupt nicht
charming charmant
sleeping pill Schlafmittel
wing Flügel
comfortable bequem
to sweat schwitzen

a load of rubbish. Of course, I know a lot of girls – when you're a star they **lie in wait** for you everywhere. But actually I'm very **shy**. When the girls scream it makes me feel very **uncomfortable**. You're different – you're so mysterious. May I call you Evening Star?" Er schaut mich mit seinen traurigen, blauen Augen an.

„Evening Star", wiederhole ich leise. „Amelie Eveningstar ... If I ever become an artist and need a **stage name**, maybe I'll use that."

„You're already an artist", sagt er. „You are an artist who **enchants** me with her words."

Trägt er jetzt nicht ein bisschen zu dick auf? Was er sagt, ist zum Heulen schön.

„Will you play the love song for Amelie now?", frage ich und setze mich nun doch.

Rico pustet in die Hände, spielt Luftklavier, atmet tief ein und aus und schlägt den ersten Ton an. Nach einem düsteren Vorspiel setzt sein Gesang ein:

I walk the streets of London,
So many people hurrying along.
No one has time for the others,
But all of them do ***long***
For some ***warmth*** *and love and a tender* ***touch****,*
But no one will admit it.
Most people say

a load of rubbish ein Haufen Unsinn
to lie in wait lauern
shy schüchtern
uncomfortable unbehaglich
mysterious geheimnisvoll
stage name Künstlername
to enchant bezaubern
to long sich sehnen
warmth Wärme
touch Berührung

They're busy and ***successful****.*
The ***liars*** *of the night*
Are the liars of the day,
They also ***deceive*** *themselves.*
I stand alone,
I don't want to join in
The liars' games.
I'm enchanted by a girl,
Her name is Amelie.
She's my evening star,
The ***dawn****, the moon, the sun.*
I love her so,
But she doesn't know.
Hello, hello, Amelie Eveningstar,
Perhaps you'll hear my song on the radio.
Hello, hello, Amelie Eveningstar,
My love, can you feel my ***desire****?*
Hello, hello, Amelie Eveningstar,
You are my great love, warm and true.
Hello, hello, Amelie Eveningstar,
With ***tenderness*** *I dream of you ...*

„Amelie! Bist du eingeschlafen?"

Lebe ich noch? Oder habe ich mich inzwischen im Wasser aufgelöst? Der Traum flattert durch den Raum wie ein Papierflieger, stürzt auf ein Teelicht und fängt Feuer. Ein kurzes Aufflackern, bevor er sich in schwarze Asche verwandelt.

„Amelie! Wenn du nicht sofort die Tür öffnest, dann ..."

successful erfolgreich
liar Lügner
to deceive betrügen
dawn Morgengrauen
desire Verlangen
tenderness Zärtlichkeit

Noch eine Verwandlung: Aus Mamas Sopran ist Papas Bariton geworden. Eine drohende Wutstimme und ich habe keine Ahnung, warum er wütend ist. Man wird sich doch einmal an einem gewöhnlichen Nachmittag ein Bad gönnen dürfen.
„Amelie! Ich warne dich. Treibe es nicht auf die Spitze. Ich kann auch anders." Papas Stimme überschlägt sich fast. Ich fürchte, er wird gleich ausrasten. Ich steige aus der Wanne und hülle mich in meinen Bademantel. In diesem Augenblick fliegt die Tür aus den Angeln und schlägt hart auf die Fliesen. Papa stolpert hinterher. Es ist wie in einem drittklassigen Fernsehkrimi. Papa sperrt den Mund auf und gafft mich an wie einen Verkehrsunfall. Mama steht hinter ihm und ist kreidebleich.
„Wir dachten, es wäre etwas passiert", sagt sie. „Du liegst seit über zwei Stunden in der Wanne."
Am liebsten würde ich losbrüllen. Dann erinnere ich mich an Ricos Traumworte, spiele die vornehme und zurückhaltende Tochter, stolziere an meinen Eltern vorbei, die gar nicht erst versuchen, mich aufzuhalten. Ich schließe mich in meinem Zimmer ein, höre die Musik der Electric Boys, ziehe mich langsam an, nehme die Schulsachen aus meinem Rucksack, fülle ihn mit Unterwäsche, T-Shirts und ein paar Erinnerungen.
„Amelie!"
Meine liebe, treu sorgende Mutter gibt anscheinend niemals auf.
„Amelie, es tut mir Leid, ich wollte ..."
Ich drehe die Musik etwas lauter. Für eine Entschuldigung ist es zu spät. Ich weiß genau, was ich zu tun habe!

VERMISST UND gefunden

„Du siehst ja aus wie zu heiß gewaschen und geschleudert“, sagt Frau Pussalla.
Ich habe mich zwar längere Zeit nicht im Spiegel gesehen, fürchte aber, dass sie Recht hat.
„Was ist denn passiert?“
Ihre Anteilnahme, hinter der ich nur Neugierde vermute, geht mir heute gewaltig auf die Nerven. Von besorgten oder verständnisvollen Müttern habe ich vorerst genug.
„Ist Ellen-Jo zuhause?“
Sie nickt und lässt mich in die Wohnung. Die Küchentür steht offen. Ein Typ sitzt am Tisch und grinst mich an. Ob das Peter ist, Frau Pussallas neuer Lover aus dem Internet? Er trägt kurze, grüne Hosen, weiße Socken, ausgelatschte Turnschuhe und scheint Weltmeister im Dauergrinsen zu sein. Voll eklig der Typ. Jetzt steht er auch noch auf und streckt mir seine haarige Hand entgegen. Ich halte mich an meinem Rucksack fest.
„Kennt ihr euch schon?“, sagt Frau Pussalla mit süßlicher Stimme. „Das ist Peter!“
„Aha“, sage ich.
„Amelie ist Ellen-Jos beste Freundin.“
„Aha“, sagt Peter.
„Ciao“, sage ich und rette mich in Ellen-Jos Zimmer.
Sie liegt auf dem Bett und blättert in einer ihrer Mädchenzeitschriften.

„Oh, hi, Amelie! Were we **supposed to** meet up today?", fragt sie.
„No – am I disturbing you? If you want me to go, just say so", sage ich und versuche dabei den Eindruck zu erwecken, als würde es mir nichts ausmachen.
Aber Ellen-Jo durchschaut mich. „Hey, what's happened?" Sie legt die Zeitschrift auf dem Flokatiteppich neben dem Bett ab, steht auf und nimmt mich in den Arm.
„So ein Mist!", schluchze ich und wir lassen uns auf die gelbe Zweisitzercouch fallen. „Okay, in English ... I thought I had **understanding** and tolerant parents, but **when it comes down to it** they're just as conservative as all the others."

to be supposed to sollen
to disturb stören
understanding verständnisvoll
when it comes down to it wenn es darauf ankommt
indifference Gleichgültigkeit

Ellen-Jo knuddelt mich eine Weile, dann seufzt sie und sagt: „Sometimes I wish my mother would be less tolerant."
„What do you mean?"
„If you're allowed to do everything, everything is boring", erklärt sie. „And you get the feeling that she's not really being tolerant, it's just laziness and **indifference**. Do you understand?"
„No."
Ellen-Jo seufzt noch einmal theatralisch. „My mum doesn't care what I do."
„Be happy about it", werfe ich ein.
„Well, yes and no. It can be fun when you're not always allowed to do what you like. You have to fight for it. Do you understand me now?"

Ich weiß immer noch nicht genau, was sie mir sagen will, nicke aber verständig.

„She **gets on my nerves** when she copies me, too“, fährt Ellen-Jo fort. „Do you remember my green **hair streaks** last year?“

Und ob ich mich erinnere. Ellen-Jo hat ausgesehen wie ein schwarzgrün gesprenkelter Frosch und war wochenlang Gesprächsthema Nummer eins auf dem Astrid-Lindgren-Gymnasium.

„My mum allowed me to have this **hairdo**“, sagt Ellen-Jo mit einem Hauch Traurigkeit in der Stimme. „If I wanted, I could get a piercing or a **tattoo** as well. But let's **stick to** the hair. I'd had green streaks for just two days when she went running to the **hairdresser** and got her hair **dyed** a similar colour. My mum is almost thirty-six!“

„Do you think that's old?“

„Quite old“, sagt Ellen-Jo und grinst. „And much too old to look like her own daughter. When we went to a pizza restaurant and the waiter **mistook** her for my older sister she **flipped out**, she was so **flattered**. I was really **embarrassed**.“

Ellen-Jos Blick fällt auf meinen Rucksack, den ich noch gar nicht abgenommen habe. Und mir fällt wieder ein, warum ich eigentlich hier bin. Ich erzähle Ellen-Jo, was bei mir zuhause abgegangen ist.

„I just don't want to talk to my parents any more!“, sage ich abschließend.

to get on sb's nerves jdn auf die Nerven fallen
hair streaks Haarsträhnen
hairdo Frisur
tattoo Tätowierung
to stick to *hier:* dabei bleiben
hairdresser Frisör(in)
to dye färben
to mistake (mistook, mistaken) verwechseln
to flip out ausflippen
flattered geschmeichelt
embarrassed verlegen

„Well ... You can take things too far“, meint Ellen-Jo. „Parents should have the **right** to express their opinion once a month.“
„Do you really think so?“ Allmählich wird sie mir unheimlich. Sie kann ihre Weisheiten nur aus den Ratgebern haben, die in Papas Verlag veröffentlicht werden. Vielleicht sollte ich mir auch einmal das eine oder andere Buch reinziehen.
„And what's in your rucksack?“, möchte Ellen-Jo wissen.
„Just some clothes“, antworte ich kleinlaut.
„Why?“
„I was so angry with my parents. I wanted to **run away** ...“
„Run away? Where to?“
„I thought we could go to London together ...“, murmele ich.
„Why should I run away? My mum is sometimes a bit **over the top**, but apart from that I'm quite happy at home“, antwortet Ellen-Jo.
Wie konnte ich ernsthaft glauben, Ellen-Jo würde mit mir nach London abhauen? Jetzt finde ich die Idee total daneben. Und wie komme ich aus der Geschichte wieder raus, ohne mein Gesicht zu verlieren? Soll ich zerknirscht nach Hause zurückkehren und meine Eltern um Verzeihung bitten? Nein, danke!
Ellen-Jo steht auf, geht rüber zum Bett und schlägt ihre Mädchenzeitschrift auf. „Let's see what your horoscope says. Capricorn: This week you think you have to prove something to someone else. You get annoyed quickly, you're **unforgiving** and it's difficult to **convince** you to **calm down**. It might help you to stay cool.“

right Recht
to run away weglaufen
over the top übertrieben
unforgiving nachtragend

„Oh, right – it might help me to stay cool. It looks like the stars are on my parents' side."

to convince überzeugen
to calm down sich beruhigen
cross verärgert
to pretend vorgeben
You got it. Jetzt hast du's kapiert.
to contact kontaktieren
a while eine Weile
to rely on sb sich auf jdn verlassen

„See! You're **cross** again." Ellen-Jo springt plötzlich vom Bett und tanzt durch das Zimmer. Sie bleibt vor mir stehen, fällt auf die Knie und hebt die Arme hoch. Anbetungswürdig bin ich ja nicht unbedingt, aber irgendwie finde ich es witzig. Immerhin hat Ellen-Jo es geschafft, dass die Wut gegen meine Eltern nur noch auf kleiner Flamme köchelt. Jetzt sitzt sie mir im Schneidersitz zu Füßen und verblüfft mich mit einem Vorschlag: „Running away isn't the right thing to do ... But we could teach your parents a lesson."

„What do you suggest? That I only **pretend** to run away?"

„**You got it**, sweetie", säuselt sie.

Nun kapiere ich gar nichts mehr. Meint sie Darmstadt statt London? Eine Nacht statt für immer?

„You stay with me", sagt Ellen-Jo. „Sooner or later your parents will **contact** us. I'll tell them you're staying here for **a while** because you can't stand the way they're behaving any longer."

„And your mum will allow me to stay?"

„Didn't you listen to me? Everything's allowed with my mum. And of course there's Peter. When she has a new lover, she'll let me do even more." Ellen-Jo setzt sich zu mir und legt den Arm um mich. „Sweetie, you can **rely on** your best friend."

Ich glaube ihr nur zu gerne und bin gespannt, wie es weitergeht. Ellen-Jo schaltet den Fernseher ein. Ihre Lieblingssoap läuft schon seit fünf Minuten. Eigentlich mag ich keine Soaps, aber im Moment bin ich froh, mir um nichts mehr Gedanken machen zu müssen. In Windeseile erzählt Ellen-Jo mir die Handlung der letzten fünfundzwanzig Folgen, damit ich besser reinkomme. Ganz schön kompliziert, wer wann mit wem und welche welchen dann doch nicht bekommen hat ...
Nach einer Weile klingelt mein Handy. Ein Blick aufs Display verrät mir, dass meine Mutter anruft. Ich weiß nicht, ob ich das Gespräch annehmen soll.
Ellen-Jo scheint meine Gedanken lesen zu können: „Don't answer the phone. It's too early for **peace talks**." Sie zwinkert mir zu. Danach fühle ich mich ziemlich schlecht und möchte am liebsten losheulen. Ein Piepton meldet mir, dass eine Nachricht eingegangen ist. Ich wähle die Nummer der Mailbox und halte mein Handy vorsichtig ans Ohr. Nach dem üblichen Gequassel der Automatenstimme höre ich meine Mama: „Amelie, bitte mach keine Dummheiten. Deinem Papa tut alles sehr Leid und mir auch. Bitte melde dich. Wir machen uns große Sorgen ..."

peace talks
Friedensgespräche
out of the question
außer Frage

Mama hat es geschafft. Das schlechte Gewissen ist geweckt und gibt keine Ruhe mehr. Es spricht ja nichts dagegen, zuhause anzurufen und ihnen die Angst zu nehmen.
Aber Ellen-Jo ist da anderer Ansicht. „That's **out of the question**", bestimmt sie. „You mustn't give up so quickly. Your parents won't take you seriously in future.

They've got a bad **conscience** now, and they want you to have one too. That's obvious. Believe me, sooner or later they'll ring here."

conscience
Gewissen

Ich habe einen Verdacht: Meine kluge Freundin ist keine Leserin von Papas Ratgebern, sondern sie selbst schreibt die Bücher. Zuzutrauen wäre es ihr. Immerhin hat sie es geschafft, mein Gewissen zu beruhigen.
Ellen-Jo schaltet den Fernseher aus, legt die neue CD der Electric Boys in den CD-Player: *Do you know how much I love you ...*
Wir hängen nur rum und unseren Gedanken nach und hören Musik. Die Zeit will nicht vergehen. Ab und an meldet sich mein Gewissen und nagt an mir. Das Handy habe ich ausgeschaltet, nur für die eigentümlichen Grübelgedanken gibt es leider keinen Knopf zum Abschalten. Ellen-Jo hat es sich auf dem Bett bequem gemacht. Sie hat die Hände unter den Kopf geschoben und die Augen geschlossen.
„It's good to have you here", flüstere ich.
Schöner wäre es allerdings, jetzt bei Rico zu sein. Ich erinnere mich an den Badewannentraum, an den Lovesong for Amelie, Amelie Abendstern, das zergeht auf der Zunge wie Vanilleeis mit heißen Himbeeren. Leider gibt es dieses Lied in Wirklichkeit nicht und wird es wahrscheinlich niemals geben. Warum bilde ich mir eigentlich ein, irgendwer auf der Welt könnte ein Lied oder ein Gedicht für mich schreiben? Ausgerechnet für mich ...
Plötzlich kriecht die Traurigkeit unter meine Haut, eine unangenehme kühle Feuchtigkeit wie an einem nass-

kalten Nebeltag im November. Ich sitze noch immer auf dem knallgelben Zweisitzersofa und gleichzeitig in einem schwarzen Loch, aus dem es anscheinend kein Entrinnen gibt. Jetzt bläst sich auch noch das Selbstmitleid auf und tut ungeheuer wichtig. Du hattest noch nie einen Freund und wirst auch nie einen finden, zischelt es und lacht dazu noch schadenfroh. Ich zeige der Traurigkeit und dem Selbstmitleid den Stinkefinger, aber es verändert nichts an meiner Weltuntergangsstimmung.

Es stimmt ja auch. Bisher war ich Aschenputtel, ungeküsst und ungeliebt. Kein Junge, der mir schmachtende Liebesbriefe oder e-Mails geschrieben hätte. Kein einziger Junge, von dem ich es mir gewünscht hätte. Außer natürlich von Rico. Ach, verdammter Mist, wenn es nur nicht so schrecklich wehtäte, diese quälenden Stiche, die mir manchmal fast die Luft zum Atmen nehmen und ...

„Störe ich?“ Frau Pussalla streckt ihren schwarzen Wuschelkopf durch die Tür.

„Ja, du störst“, sagt Ellen-Jo.

Ihre Mutter lässt sich davon nicht beeindrucken. Sie hockt sich auf die Bettkante, streicht Ellen-Jo übers Haar und wirft mir einen mitleidigen Blick zu. Mitleid ist das Letzte, was ich im Augenblick gebrauchen kann. Sie möchte wissen, wie es mir geht, wie es meinen Eltern geht, wie es in der Schule läuft.

„Ganz gut“, beantworte ich all ihre Fragen.

„Habt ihr Hunger?“, fragt Frau Pussalla.

Ich verneine. Ellen-Jo behauptet, einen elefantenmäßigen Appetit zu haben.

„Peter hat gekocht", sagt Frau Pussalla. Es hört sich an, als ob er der Chefkoch eines Vier-Sterne-Restaurants wäre. Die Wirklichkeit schmeckt dann allerdings anders: eine Nudelpfanne, sehr vollwertig, mit Tomaten, Paprika, italienischen Kräutern, Bambussprossen und trotzdem geschmacksneutral.
Ellen-Jo holt nach dem ersten Bissen eine Flasche Ketchup aus dem Kühlschrank und deckt das Nudelgericht zentimeterdick mit Tomatensoße zu. Peter verzieht das Gesicht. Ellen-Jo reicht die Flasche an mich weiter. Ich lehne dankend ab.
„Eine junge Dame mit Geschmack", schleimt Peter.
Frau Pussalla himmelt ihn an und sondert ein paar Sprüche über die eigenartigen Essgewohnheiten der heutigen Jugend ab. Ich höre einfach weg und starre auf die dreieckige Wanduhr, die über dem Tisch hängt. Es ist kurz nach neun. Ich denke an meine Eltern, die vielleicht gerade die Stadt nach mir absuchen. Vielleicht waren sie sogar schon bei der Polizei und haben eine Vermisstenanzeige aufgegeben. Und nun kreisen Hubschrauber über Michelstadt. Hundestaffeln kämmen Wälder und Felder durch. Ich hänge tausendfach als Steckbrief an allen Straßenlaternen und über mein Verschwinden wird stündlich in den Nachrichten berichtet. Vor unserer Wohnung fahren Übertragungswagen verschiedener Fernsehsender vor und interviewen meine Eltern.
„Sie war schon immer etwas seltsam", sagt meine Mutter.
„Aber wir haben uns nichts vorzuwerfen", betont mein Vater und dann verdrückt er vor laufenden Fernsehka-

meras ein paar Tränen. Der Fernsehreporter ist begeistert, weil Tränen die Einschaltquote erhöhen. Und meine Mama gibt mein großes Geheimnis preis und erzählt in aller Öffentlichkeit von meiner großen Liebe. Die Reporter haben keine Ahnung, wer Rico ist. Mein Papa erklärt es ihnen umständlich und spricht dabei ständig von „Electronic Boys" und verspricht, demnächst einen Ratgeber für Eltern zu schreiben, deren Töchter auch in einen elektronischen Jungen verliebt sind. Voll peinlich!
Peter tischt noch einen Nachtisch auf, auch eine vollwertige Erfindung von ihm: Pfannkuchen aus Buchweizen und Johannisbrotkernmehl. Ich lehne dankend ab. Ellen-Jo greift wieder nach der Ketchup-Flasche. Frau Pussalla lächelt gequält. Peter hat für einen Augenblick eine Zornfalte auf der Stirn, kriegt seinen Unmut aber gleich wieder in den Griff und sagt: „Über Geschmack lässt sich bekanntlich nicht streiten." Aber ich glaube, er würde liebend gerne mit Ellen-Jo über ihren Geschmack streiten.
Die dreieckige Uhr tickt lautlos auf zehn Uhr zu. Ellen-Jo hat sich anscheinend geirrt und das Verhalten meiner Eltern falsch eingeschätzt. Mir fallen gleich die Augen zu. Ich möchte für mich sein, möchte gesucht und gefunden werden, möchte nah bei Rico sein, möchte ganz weit von mir weg sein, möchte nur noch nach Hause.
Ich schalte mein Handy ein, habe vier neue Nachrichten auf der Mailbox, traue mich nicht, sie abzuhören. Da läutet es an der Haustür.
„Erwartest du noch Besuch?", fragt Frau Pussalla ihre Tochter.

Ellen-Jo zuckt die Achseln und geht zur Tür. Ich bin wieder hellwach und habe ein Vorfreudegefühl, gemischt mit banger Erwartung. Und dann stehen sie in der Küche, meine Supereltern, Mama mit kaninchenroten Augen, Papa mit einem Zahnschmerzgesicht.
„Entschuldigen Sie die späte Störung, Frau Pussalla“, sagt Papa und streckt ihr die Hand entgegen.
Ellen-Jos Mutter nimmt Hand und Entschuldigung an, stellt ihren Internetfisch Peter vor und bietet Platz, Essen und Trinken an. Mama umschlingt mich von hinten, haucht mir mehrmals „meine Große“ ins Haar.
„Dann wollen wir auch gar nicht länger stören“, sagt Papa.
„Wir haben Wein aus ökologischem Anbau im Haus“, sagt Frau Pussalla. „Peter legt großen Wert auf Bio-Produkte.“
„Von diesem Wein kriegen Sie garantiert keine Kopfschmerzen“, wirbt Peter.
Papa glaubt es ihm gerne, möchte aber trotzdem nicht kosten. Ich hole meinen Rucksack aus Ellen-Jos Zimmer, umarme meine beste Freundin und flüstere ihr ins Ohr: „You are the greatest. I'm so happy that you're my friend. Without you I wouldn't have known what to do. If you need me, I'll always be there for you.“
„Good to know“, flüstert Ellen-Jo zurück. „Don't let them **get you down**. We'll go to Rico's concert together. Not with your mother! Your parents **are in such a state,** they'll let you do **whatever** you want.“

to get sb down
jdn unterkriegen
to be in a state
aus dem Häuschen sein
whatever was
auch immer

Ich löse mich von ihr, werfe ihr eine Kusshand zu, bedanke mich bei Frau Pussalla für das köstliche Essen, übersehe dabei mit Absicht ihren Peter und folge meinen Eltern zum Auto, das direkt vor dem Haus parkt. Ob sie mich nun gleich mit Vorwürfen überschütten werden? Bei Ellen-Jo mussten sie ja die besorgten und zerknirschten Eltern spielen.
Ich gurte mich an. Mama startet den Motor. Papa dreht den Kopf nach hinten.
„Bist du in Ordnung?", will er wissen.
„Ich habe Hunger", sage ich und treffe ins Schwarze. Mama steuert die nächste Pizzeria an.
„Die Rückkehr der verlorenen Tochter muss gefeiert werden", sagt Papa.
Ich beginne mit einer Gemüsesuppe, der eine Pizza mit Meeresfrüchten folgt, dazu einen Chefsalat und hinterher passt auch noch ein großes Stück Tiramisu in meinen Bauch. Meine Eltern bestellen sich noch Espresso, ich ziehe einen Cappuccino vor. Papa entschuldigt sich schon wieder für seinen eigentlich „unverzeihlichen Ausraster".
„Und was ist jetzt mit dem Konzert?", frage ich. „Darf ich mit Ellen-Jo hingehen?"
„Wir werden später in Ruhe darüber reden", sagt Mama nach einer verdächtig langen Pause.
Auf einmal schmeckt der Abend wie nach einer verdorbenen Speise und ich fürchte, Ellen-Jo liegt diesmal mit ihrer optimistischen Weissagung daneben.

KINO IM KOPF

Ich fasse es nicht. Mein erstes selbst verfasstes Gedicht! Natürlich ein Gedicht für Rico. Ich bin soooooo stolz auf mich:

Thoughts

My first thought when I wake up is you.
You are with me all day long.
My last thought before I **fall asleep** is you.
You are always in my heart,
You make me sad and happy.
You are **hope** and **confidence**,
You are the **sunbeam** in the rain,
You are the moon in the darkness.
You live in my dreams:
Dreams can come true!

thought Gedanke
to fall asleep einschlafen
hope Hoffnung
confidence (Selbst)vertrauen
sunbeam Sonnenstrahl

Ich lese das Gedicht schon zum zehnten Mal und bin von meinen eigenen Worten ergriffen. Zum Heulen schön, und es wäre großartig, wenn Rico beim Lesen der Zeilen auch ein paar Tränen verdrücken würde.

Hi Rico, my darling dream boy,

Today I got some post from you. Three autograph cards, all very beautiful photos. You didn't need to send the picture with the other Electric Boys, though. You know what I think of John, Pete and Tony.

Tomorrow the summer holidays begin. My dad can't go on holiday because he still has a lot of work to do in the **publishing company.** He has to read and correct **piles** of manuscripts. My mum wanted to fly with me to **Greece**, but it's too hot there for me. I'd **rather** stay at home. I'd prefer to be with you, but I don't have enough money yet for the trip to London.

I'm looking forward to your concert, though. Guess what – I managed it! Ellen-Jo and I will be coming to Darmstadt without my mother. I had a serious talk with Mum, and I **convinced** her that I can **take care** of myself. Dad isn't happy about it, but he has no chance when the two of us agree.

I'm sending you a poem of mine. My first one! I hope you like it. If not, please be **honest** and tell me your opinion. I want to learn from a great poet. Recently my mum read to me from a book of letters, written by a poet to his wife and **vice versa**. I think his name was Paul Celan. Do you

publishing company Verlag
pile Haufen
Greece Griechenland
rather lieber
to convince überzeugen
to take care of sb auf jdn aufpassen
honest ehrlich
vice versa umgekehrt

know him? In her first letter his **future** wife wrote, 'It is definitely difficult to love a poet …
Somehow I understand her. It's really hard to love you. Poets are not just difficult, they're also far away most of the time.
My dear poet, I'm ending this letter now.
I **hold you tight**,
Your evening star (– do you like it?) ☺☺☺

future zukünftig
somehow irgendwie
to hold sb tight jdn festhalten

So, jetzt nur noch ein paar Schritte zum Briefkasten. Draußen steht der Herr Sommer, ein windiger kleiner Herr, der es seit Tagen andauernd regnen lässt. Ich schenke ihm einfach keine Beachtung. Ich trage die Sonne ja im Herzen, huch, das klingt ja wieder nach einem Gedicht. Vielleicht ist das meine wahre Berufung: Dichterin … Das Kino in meinem Kopf wechselt das Programm. Und ich bin mitten drin in einem traurig-schönen Film über das Leben einer Dichterin, die im zarten Alter von vierzehn Jahren in einen Songpoeten verliebt ist. Die Liebe wird niemals erwidert. Das Mädchen flüchtet sich in die Welt der Worte, schreibt täglich vier bis fünf Gedichte, die viele Jahre später veröffentlicht und zu einem Welterfolg werden. Die Dichterin liest ihre Verse in allen Kontinenten in großen Arenen, die stets ausverkauft sind. Sie bleibt bis an ihr Lebensende allein …
Der windige Herr Sommer wird etwas stürmischer. Dicke Regentropfen peitschen in mein Gesicht. Ich verabschiede mich aus dem Film, renne in mein Zimmer, werfe den Computer an und einen Blick in meine Mail-

box, finde Reklame und eine Nachricht von Ellen-Jo, mein Tageshoroskop: You're very **curious** today. You want to **get things moving**. In the afternoon your imagination is very active, and later on you realize what the next steps are to success. An important tip: keep an eye on your money ...
Darunter hat Ellen-Jo drei Smileys gesetzt. Und ein „And a kiss for Sweetie" gibt es auch noch. Und wie haben die nächsten Schritte auszusehen? Ellen-Jos Geburtstagstheorie holt mich wieder ein. Soll ich ein Geschenk für Rico kaufen? Wäre das der nächste Schritt? Wenn ja, ergeben sich daraus neue Fragen. Womit könnte ich ihm eine Freude machen? Rico kann sich ja selbst alles kaufen, was er sich wünscht. Die nächste Frage ist leicht zu beantworten. Viel Geld kann ich nicht ausgeben. Frau Trampert und Kimba sind gestern in die Ferien gefahren, zwei Wochen Schwarzwald. Diese Einnahmequelle fällt also weg. Mein Erspartes möchte ich eigentlich nicht antasten. Und mein Taschengeld reicht so lange, wie der Tag hell ist. Ein Spruch von Papa. Dabei bin ich wirklich nicht verschwenderisch!
Wozu habe ich denn eine kluge Freundin? Nach dem ersten Freizeichen begrüßt sie mich mit „Hi, sweetie", als habe sie nur auf meinen Anruf gewartet. „Nice to hear your voice. I **was just about to** call you. Are you okay? Do you want to talk? Shall we meet somewhere? At home or at the **ice-cream parlour**? You know you can count on me."

curious neugierig
to get things moving etwas bewegen
to be just about to gerade wollen; kurz davor stehen
ice-cream parlour Eisdiele

„That's nice of you", antworte ich. Nur weiß ich nicht, wie ich das verstehen darf. Es tut gut, eine besorgte und fürsorgliche Freundin zu haben, aber im Augenblick habe ich keine Ahnung, warum sie besorgt und fürsorglich tut. Mir geht es gut!
„I'm sure it'll help you to talk about it ...", fährt Ellen-Jo fort. „But I'll also understand if you don't want to. Perhaps you have to **digest** it first. I would. I'd disappear into my room for days and **flood** it ..."
„Sorry? Why would you want to flood your room? I don't understand. I haven't a clue what you're talking about. Have you been drinking?"

to digest verdauen
to flood überfluten
grief Gram

„Why are you so angry? I'm just trying to understand. Being mean to your friends must be your way of showing your **grief**", erklärt Ellen-Jo.
Schreibt sie gerade an einem neuen Ratgeber, Thema: Wie nerve ich meine beste Freundin?
„Stop it!", rufe ich in die Sprechmuschel. „Please tell me why you're talking such a load of rubbish? What do you mean, grief?"
Danach schweigt sie eine halbe Ewigkeit. Was habe ich nun schon wieder Falsches gesagt?
„Ellen-Jo Pussalla, are you still there?"
„Yes."
„So why don't you answer?"
„Sorry, but I didn't know that you didn't know. I thought you'd be sure to know about it."
Ich verstehe noch immer kein Wort. Habe ich etwas Entscheidendes verpasst?

„Ellen-Jo, there are many things I don't know anything about. I'm on the phone, but I don't know how a telephone works. And to tell the truth, I find you pretty ... strange as well. Would you be so kind as to tell me what on earth you're talking about?"
Ellen-Jo scheint in die Geheimniskrämerei verliebt zu sein. Ich kann ihr kein vernünftiges Wort entlocken. Sie möchte am Telefon nicht darüber reden, und mir bleibt nichts anderes übrig, als mich auf ihren Vorschlag einzulassen.

to kneel down hinknien
to beg betteln

Wir treffen uns in einem Café am Marktplatz. Ellen-Jo trägt schwarze Röhrenjeans und T-Shirt und Turnschuhe und einen schwarzen Grufti-Lidschatten. Küsschen links, Küsschen rechts. Zum Glück hat Ellen-Jo keinen schwarzen Lippenstift aufgetragen, der jetzt auf meinen Wangen kleben würde. Irgendwie stark, ihr Outfit, dagegen wirke ich in meinen stinknormalen Bluejeans und dem blauen Schlabber-T-Shirt echt langweilig.
Wir bestellen Milchkaffee. Ellen-Jo räuspert sich andauernd, aber der Frosch in ihrem Hals scheint dadurch nur größer zu werden. Ich platze fast vor Neugierde. Ellen-Jo spannt mich auf die Folter, rührt genüsslich in ihrer Tasse, führt sie im Zeitlupentempo zum Mund und trinkt in kleinen Schlucken.
„Please! Or do you want me to **kneel down** and **beg**?"
Ellen-Jo stellt die Tasse ab. Erst jetzt bemerke ich die Zeitung, die aus ihrer Hosentasche hervorlugt. Sie knallt das mehrfach gefaltete Papier auf den Tisch wie eine Fliegenklatsche.

„Shall I read out for you what happened to Rico?"
„What's happened to Rico?" Ich schnappe mir die Zeitung. Mein Herz rast. Die Buchstaben verschwimmen vor meinen Augen. Die Wände drehen sich um mich herum. Ich drehe mich im Kreis meiner Angst. Zehn Atemzüge später kann ich die Überschrift lesen:

Britischer Popstar bangt um seine Stimme!

Ich hole noch einmal tief Luft und beginne zu lesen:

Rico, der Sänger der Popgruppe Electric Boys, die gerade mit ihrem neuen Hit Do You Know How Much I Love You? die Charts stürmt, musste gestern ein Konzert in Liverpool absagen. Wie wir von seinem Management erfahren haben, wurde das Popidol in eine Londoner Spezialklinik eingeliefert. Grund: Rico droht der Verlust seiner Stimme. Über die genauen Umstände seiner Erkrankung herrscht Stillschweigen. Der Bassist der Electric Boys sagte gegenüber dieser Zeitung: „Die Ärzte werden alles tun, um Ricos Stimme zu retten. Aber Wunder können auch sie nicht bewirken."

„If you love Rico, you have to think positive now", sagt Ellen-Jo und tätschelt meine Hand. „We can **achieve** a lot with our thoughts. Bad thoughts could hurt him. You have to **motivate** yourself to think good thoughts. Do you understand?"

to achieve erreichen
to motivate motivieren

„I understand. Don't be so **condescending**. You're talking like a future Nobel prize winner for **omniscience**." Im nächsten Augenblick tut es mir Leid, dass ich sie angeblafft habe. „Sorry, Ellen-Jo. But I'm terribly nervous and I'm scared. I'd like to be with Rico. I'd sit **at his bedside** day and night and hold his hand. I'd **encourage** him. I'd do everything for him so that he'd **recover** quickly."

Ellen-Jo rückt ein nachsichtiges Lächeln ins Gesicht. „I believe you, but it won't be **necessary** to do all that. I looked at his horoscope. Leo: the Sun and Mars are currently at difficult points in his sign. But he mustn't worry about it: his health will improve soon."

„Thank you", hauche ich, als hätte Ellen-Jo mir gerade einen persönlichen Gefallen getan. Ich bin tatsächlich erleichtert, auch wenn ich den Sternen ansonsten nur eingeschränkt traue. Ellen-Jo hätte mir alles am Telefon erzählen können, aber jetzt bin ich doch froh, dass wir im Café sitzen. Es stimmt, geteiltes Leid ist halbes Leid.

Der kleine Herr Sommer hat sich offensichtlich in der Auswahl seiner Kleidung vertan. Er trägt einen nebelgrauen Novemberanzug, windet und wettert wie von Sinnen und schmückt sich mit zu kühler Meeresluft. Ein echter Reinfall, dieser Herr Sommer. Die dunkelbraunen Korbsessel und -tische auf der Terrasse wirken wie Fremdkörper: zur falschen Zeit am falschen Ort. In Griechenland würde ich ab übermorgen bei vierzig Grad im Schatten in der Sonne brüten.

condescending herablassend
omniscience Allwissenheit
at his bedside am (Kranken)bett
to encourage ermutigen
to recover sich erholen
necessary notwendig

Ich spendiere Ellen-Jo einen Schokoladenbecher, weil sie am liebsten Schokolade mag. Ich bevorzuge Zitronen- und Meloneneis mit einer extragroßen Portion Schlagsahne.

to swear schwören
to commit perjury Meineid begehen
prison Gefängnis
file Feile

„I hope Rico will get better before the concert", sage ich.

„I **swear** he will", meint Ellen-Jo und hebt sogar die Schwurhand.

„Be careful you don't **commit perjury**", ziehe ich sie auf. „I don't want to have to visit you in **prison**."

Die Gäste an den Nachbartischen schauen zu uns rüber. Es passiert uns öfter, dass wir angestarrt werden. In Michelstadt wirken englischsprechende Menschen wohl noch irgendwie außerirdisch.

„Oh, but you will. And don't forget to bring me a cake with a **file** in it", sagt Ellen-Jo überlaut und jedes Wort betonend.

Wir prusten los und werden von der dicken Kellnerin mit einem strengen Blick bedacht.

Zuhause blättere ich das Lokalblatt von vorn bis hinten durch und wieder zurück. Nirgends eine Zeile über Rico und seine schlimme Erkrankung. Ich schalte den Fernseher ein: wieder nichts über Rico. Ich wähle mich ins Internet: keine Auskunft auf seiner Homepage. Als Mama endlich von der Arbeit kommt, nehme ich sie gleich in Beschlag. Auch sie zählt zu den Unwissenden, verspricht mir aber, sich schlau zu machen. Sie ruft umgehend in der Redaktion an. Auch dort weiß niemand etwas von Ricos plötzlicher Erkrankung.

„Woher hast du eigentlich die Information?“, will Mama wissen.
„Von Ellen-Jo“, antworte ich. „Und Ellen-Jo hat es in einer Zeitung gelesen. Und ich habe es auch gelesen, weil Ellen-Jo mir die Zeitung gezeigt hat.“
„Welche Zeitung war’s denn?“, fragt Mama.
„Keine Ahnung. Eine mit großen Buchstaben und vielen Bildern.“
Mama lacht. Habe ich etwas Komisches oder etwas Dummes gesagt?
„Wenn das so ist, dann ist es gut möglich, dass gar nichts dran ist an Ricos Erkrankung“, erklärt Mama. „Vielleicht hat er nur einen Schnupfen und ist ein bisschen heiser, und die Zeitungsschreiber haben diese winzige Mücke zu einem Elefanten aufgeblasen.“
„Du meinst, es ist alles erstunken und erlogen?“
Mama zuckt die Achseln. Wenig später bringt Papa die Zeitung mit den großen Buchstaben nach Hause und zeigt sie mir. Ich prahle mit Mamas Wissen und beeindrucke meinen Vater.
„Ich freue mich, eine so kluge Tochter zu haben“, sagt er schmunzelnd.
„Und ich freue mich, einen Vater zu haben, der das auch erkennt“, antworte ich.
Nachdem wir uns genug Honig um den Bart geschmiert haben, rufe ich noch Ellen-Jo an. Auch sie soll an meinem neu erworbenen Wissen teilhaben.
„I know that not everything you read in the paper is true“, sagt sie mit gekränktem Unterton. Sie erinnert mich an die Projektwoche im letzten Schuljahr. Damals haben wir uns ausführlich mit dem Thema Zeitung

beschäftigt, das Lokalblatt besucht, für das Mama fotografiert, die Wortwahl verschiedener Zeitungen verglichen und selbst eine Zeitung hergestellt.

afterwards nachher
completely vollkommen
madness Wahnsinn

„Absolute truth doesn't exist", klärt Ellen-Jo mich auf. „Everyone has his own truth. If we saw a film together and had to write down the action **afterwards**, both of us would tell different stories. Do you know what I mean?"

„Yes, of course I do." Am liebsten hätte ich noch mehr gesagt, aber dann fällt mir ein, dass Ellen-Jo wahrscheinlich aus einem ganz anderen Grund so schlecht drauf ist und mich nur als Ventil braucht, um ihre miese Stimmung loszuwerden. Ich rette unser Gespräch mit einem Lachen. Und dann erzählt sie mir tatsächlich noch von Peter, der gerade die Wohnung nach Schadstoffen abklopft und dabei in seinem Übereifer im Bad mehrere Fliesen zerstört hat.

„The guy is **completely** mad", sagt Ellen-Jo. „But my mum is fascinated by his **madness**. They suit each other."

Ich verabschiede mich von Ellen-Jo und kehre in meine kleine, stinknormale Welt zurück.

Die Tage vergehen, genauer gesagt: Sie verwehen. Der kleine Herr Sommer gefällt sich in seiner windigen Herbstlaune. Abends wirft Mama die Heizung an, was Papa überhaupt nicht gefällt. Er fände es kostengünstiger, wenn Mama und ich dicke Pullover und Wollsocken anziehen würden.

Ich kaufe mir jeden Tag die Zeitung mit den großen Buchstaben. Rico wird mit keinem Wort mehr erwähnt. Ich habe sogar im Konzertbüro angerufen. Von einer Erkrankung oder gar einer Absage des Konzerts wissen sie dort nichts. Endlich darf ich mich uneingeschränkt freuen! Statt dessen bewege ich mich im Kreis der Theorie, die Ellen-Jo mir in den Kopf gesetzt hat. Brauche ich wirklich ein Geschenk? Bin ich hinterher zu seiner Geburtstagsparty eingeladen? Was soll ich anziehen? Das hängt natürlich davon ab, ob ich nur zum Konzert gehe oder danach auch noch auf die Fete. Bequem oder superschick, dezent geschminkt oder aufgebrezelt wie ein Filmsternchen?

Ein Tag vor dem großen Abend hat der kleine Herr Sommer genug von seinem kühlen Zorn, und alle Menschen, die vorher geschimpft und geklagt haben, klagen und schimpfen nun noch lauter, weil es von heute auf morgen tropisch heiß geworden ist.

In der Hitze des Nachmittags fällt mich eine Idee an. Ich kann sie nicht abschütteln. Sie krallt sich an mir fest. Erst finde ich sie klein und hässlich, aber nach einer halben Stunde gefällt sie mir immer besser. Ich fülle eine Plastikschüssel mit kaltem Wasser, stelle sie unter meinen Schreibtisch, stecke die Füße hinein und schreibe ein Geburtstagsgedicht:

Happy Birthday Rico!

With tender thoughts
My heart talks to you.
The new year of your life

Shall be as **colourful** as
A rainbow.
I wish you
Stardust.
I wish you wonderful
Dreams.
I wish you people
Who really like you.
I am with you
And think of you.

colourful bunt
stardust Sternennebel

Ich schreibe die Worte mit schwarzer Tinte auf ein terrakottafarbenes Blatt, das ich auf Mamas Schreibtisch gefunden habe, rolle es und verschnüre es mit einem blauen Band aus Mamas Verpackungströdelkiste. Nun muss ich nur noch eine dunkelrote Rose besorgen. Wenn Rico mir zu meinem Geburtstag ein Gedicht schreiben und eine Rose schenken würde, wäre ich der glücklichste Mensch auf der Welt!
Und wie gelangt mein Liebesbeweis zu ihm? Während des Konzerts wird es wohl kaum möglich sein. Gewiss ist die Bühne von Bodygards abgeschirmt. Ich halte es kaum noch aus, mit der Ungewissheit zu leben. In etwa vierundzwanzig Stunden werde ich schlauer sein ...

EIN GEDICHT, eine Rose, eine Idee

Im Bus, der uns nach Darmstadt bringt, ist es heiß wie in einer Sauna. Ich wünsche mir, der kleine Herr Sommer wäre seinen herbstlichen Grundsätzen treu geblieben. Ich stinke! Mein Deo hat mich längst im Stich gelassen. Das teure Parfüm, das ich mir von Mama ausgeliehen habe, hat sich in Schweiß aufgelöst. Und dafür habe ich stundenlang geduscht. Die Schminke hätte ich mir schenken können. Das orangefarbene T-Shirt pappt auf der Haut wie zerlaufene Eiscreme. Und meine Rose lässt sicher auch bald den Kopf hängen. Ich fühle mich dem Stress nicht gewachsen und möchte an der nächste Haltestelle aussteigen. Ich habe das Gefühl, von den anderen Fahrgästen angestarrt zu werden. Mama hätte uns ja auch mit dem Auto zur Alten Markthalle fahren können, dann wäre mir die Qual erspart geblieben. Aber sie hat angeblich noch einen beruflichen Termin. Das hat sie jedenfalls gesagt und dabei gezwinkert. Es war also gelogen, denn wenn sie blinzelt, schwindelt sie immer. Wahrscheinlich möchte sie nur mit Papa einen schönen Abend verbringen. Oder es ist ihre kleinliche Rache, weil ich sie nicht dabeihaben wollte. Papa will mich und Ellen-Jo nach dem Konzert abholen. Ab elf Uhr wartet er auf uns vor der Alten Markthalle.

Ellen-Jo schweigt, seit wir im Bus sitzen. Die Lady in Black, eine Mischung aus Grufti und Vampir, nur die

Papiertaschentücher in ihren Achselhöhlen verunstalten das Gesamtbild. Schweißaufsauger, das hätte mir auch einfallen können.
In Darmstadt steigen wir am Luisenplatz aus. Bis zum Beginn des Konzerts sind es noch über drei Stunden. Ich lade Ellen-Jo zu einem Getränk ein. Wir sitzen bei DaCarlo auf der Terrasse. Ellen-Jo könnte ruhig die albernen Papiertaschentücher entfernen. Sie hätte sie wenigstens schwarz einfärben sollen. Die weißen Zipfel, die unter ihren Achseln hervorlugen, sehen oberpeinlich aus.
Wir trinken eisgekühlte Cola und schweigen uns an. Einer der Kellner stellt mir eine Colaflasche hin, die randvoll mit Wasser gefüllt ist. Er deutet auf meine Rose und lächelt. Ich bedanke mich. Die Blume erholt sich rasch. Ellen-Jo hängt träge in ihrem Stuhl und presst die Oberarme gegen ihr schwarzes Netz-T-Shirt. Dabei müssten die Taschentücher längst mit ihren Achselhöhlen verwachsen sein.

hankie (handkerchief) Taschentuch
awful furchtbar
melted geschmolzen
ice-cream sundae Früchteeisbecher

„Are you okay?“, frage ich.
Sie nickt.
„Take out the **hankies**“, sage ich. „They look **awful**!“
„And you look like a **melted ice-cream sundae**“, grantelt sie.
Irgendwie sind wir beide ziemlich genervt und sehr leicht reizbar. Keine Spur von Vorfreude. Plötzlich finde ich mich und mein Gedicht und die Rose nur noch kindisch. Die Zeit will einfach nicht vergehen, ist zu einer zähen, fast unbeweglichen Masse geworden.

Wir bestellen Mineralwasser und fischen die Zitronenstücke heraus.
„Are you annoyed?"
Ellen-Jo schüttelt den Kopf. „No. But it would have been a good idea if we'd taken a later bus. Now we're sitting around and sweating all over."
„Yes, you're right, I'm sorry." Ich werfe Ellen-Jo eine Kusshand zu und hoffe, dass sie meine Entschuldigung annimmt. Sie lacht mich an und entsorgt endlich die doofen Papiertaschentücher. Ich nutze die Gelegenheit und mache ihr ein paar Komplimente wegen ihres Outfits. Besonders die Netzhandschuhe finde ich superschön. Mit meinen Schmeicheleien gelingt mir der Stimmungsumschwung.
Wir können wieder lachen, ein fröhliches Freundinnengelächter, das die Gläser auf dem Tisch zum Tanzen bringt. Auf einmal flattern bunte Schmetterlinge über die Terrasse und bringen Leichtigkeit und Lebensfreude zurück. Und meine Rose ist so schön wie keine andere, sie ist einzigartig und wird Ricos Herz brechen. Vielleicht nicht für ewig, aber für eine Weile. Auch die Zeit hat sich verändert, tickt schneller, tickt in Windeseile dem großen Ereignis entgegen.
„Okay, let's go or the best seats will be taken", drängt Ellen-Jo.
Sie vergisst dabei, dass der Saal bestuhlt ist und wir nummerierte Karten besitzen: in der dritten Reihe die Plätze zwölf und dreizehn. Wir schlendern Hand in Hand über den Luisenplatz, wo aus allen Richtungen Straßenbahnen und Busse ankommen, und stehen wenige Minuten später in einer Schlange vor dem

Eingang zur Alten Markthalle. Wir sind mindestens zweihundert Meter von unserem Glück entfernt und bereuen, dass wir im Café so viel Zeit vertrödelt haben.

„Do you notice anything?“ Ellen-Jo stößt mir ihren Ellbogen in die Rippen.

„We are not the only people who want to hear the concert“, antworte ich.

„Wow, you're so **smart**. Do you notice anything else?“, setzt Ellen-Jo das Rätselraten fort.

smart schlau
unique einzigartig

„No. Tell me.“ Die Schmetterlinge haben das Weite gesucht. Miese Laune legt sich über mich wie ein Schleier, durchsichtig zwar, aber doch finster genug, um die Vorfreude zu verhüllen.

„It looks like a rose garden“, sagt Ellen-Jo.

Ich schaue nach vorn, schaue nach hinten. Sie hat Recht. Die Rosenverkäufer in Darmstadt und Umgebung haben in den letzten Tagen wahrscheinlich das Geschäft ihres Lebens gemacht. Ich fühle mich angeschmiert von meiner Eingebung. Soll ich meine Rose einfach wegwerfen? Und das Gedicht gleich dazu? Die anderen Mädchen haben zu ihrer Rose ein Stofftier gekauft: kleine Krokodile, Elefanten, Tiger, Bären, ein Zoo aus Kuscheltieren.

„I couldn't care less“, sage ich voller Trotz. „My poem is **unique**.“

Ellen-Jo nimmt mich in den Arm, genau im richtigen Augenblick, denn ich werde gleich losheulen und möchte unbedingt getröstet werden, obwohl ich eigentlich untröstlich bin.

„What does my horoscope say today?“, frage ich, und kann die Tränen nicht mehr zurückhalten.
„Sweetie, there's no reason to cry“, sagt Ellen-Jo, aber es hört sich nicht gerade überzeugend an. „We'll have a lot of fun. That's what **matters** most.“
„But I don't want to have fun. I want Rico. I only want him.“ Warum tut das auf einmal so schrecklich weh, wenn ich nur seinen Namen ausspreche? Ein Schmerz, der kaum auszuhalten ist, schlimmer als Zahnschmerzen und Bauchgrimmen zusammen.
„Let's wait and see“, meint Ellen-Jo. „I don't remember the exact words of your horoscope. You have high hopes and they will **come true** in a way. At last you will be happy.“
„No way!“, schluchze ich. „Perhaps I'm having a **run of bad luck**. Perhaps I'm under a **curse** or something.“
„You're talking rubbish“, sagt Ellen-Jo und drückt mich fest an ihren flachen Busen. „All lovers, whether they're happy or unhappy, talk rubbish. My mum is a good example. Now and then she talks **nonsense** even when she's not in love, but since she's been in love with Peter she's been **impossible**. Above all, lovers **contradict** themselves all the time and there's no **cure** for that. It's a **chemical process**. When you fall in love, your **brain pours** out a substance called dopamine. This puts you in a fantastic mood. At the same time there isn't enough of

to matter darauf ankommen
to come true wahr werden
run of bad luck Pechsträhne
curse Fluch
nonsense Unsinn
impossible unmöglich
to contradict widersprechen
cure Heilmittel
chemical process chemischer Prozess
brain Gehirn
to pour schütten

the hormone serotonin in the body, and you can see symptoms of this in lovers' **behaviour**. The brain is **partially paralyzed**. You could say that every lover is a little bit mad. Their memories get worse, they're less afraid, and when they get into trouble they just **freak out**. Love is blind ..."

Ellen-Jo gibt sich wieder so, wie ich sie kenne und irgendwie auch liebe und verblüfft mich mit ihrem Wissen. Zum Glück habe ich auch einen schlauen Spruch parat, den ich in einem Buch gelesen und sogar behalten habe: „Love is the only thing that doesn't **decrease** when you waste it."

Sie pfeift leise durch die Zähne, schenkt mir ein mildes Lächeln und meint: „A nice **saying**, but ..." Ihr rechter Zeigefinger saust in die Luft, ein leicht gekrümmtes Ausrufezeichen, das gleich wieder verschwindet. „But if you take this saying **literally**, you'll find that there's not much behind it. When you fall in love, you love your idol more and more. You waste your love day and night. But suppose the other doesn't notice – in other words, your love is **unwelcome**. You've **got a crush on** him, but he's not interested in you. Did your love **increase** while you were wasting it? Love can only grow when both partners are **infected**."

„If you say so", flüstere ich.

behaviour Benehmen
partially teilweise
paralyzed gelähmt
to freak out ausflippen
to decrease abnehmen
saying Spruch
literally wortwörtlich
unwelcome unwillkommen
to have a crush on sb in jdn verknallt sein
to increase zunehmen
infected infiziert

Sicher war es keine Absicht von Ellen-Jo, aber diesmal hat ihr altkluges Geplapper Tränen in meine Augen getrieben. Sie nimmt mich wieder in die Arme, drückt mich ganz fest, murmelt eine Entschuldigung. Es scheint so, dass kluge Menschen einen Mangel an Feingefühl haben. Sicher liegt es auch an einem Botenstoff, von dem sie zu viel oder zu wenig haben.

Plötzlich stehen wir vor einer kleinen dicken Frau mit blondgelockten Haaren. Sie steckt in einer blauen Uniform, guckt sehr gelangweilt und fordert uns auf, die Hände zu heben. Wir werden von ihr abgetastet. Das ist mir noch nie passiert und kein schönes Gefühl. Sind wir denn Schwerverbrecher, die ein Attentat auf Rico planen?

Ich möchte etwas Boshaftes zu der Frau sagen, aber sie kann ja auch nichts für die strenge Einlasskontrolle. Nun müssen wir noch die Eintrittskarten vorzeigen, dann haben wir es endlich geschafft. Vor der Toilette heißt es wieder anstehen. Mein verheultes Gesicht braucht unbedingt eine Erfrischung. Die Rose halte ich auch kurz unter den kalten Wasserstrahl.

Im Saal finden wir gleich unsere Plätze und fiebern dem Konzert entgegen. Ellen-Jo wird zur Zeitansagerin, die alle sechzig Sekunden die aktuelle Uhrzeit durchgibt. Es ist beinahe wie an Sylvester kurz vor Mitternacht. Aber es folgt kein Feuerwerk, keine Sektkorken knallen, kein perliges Prickeln. Um Viertel nach acht wird es unruhig im Saal, nur auf der Bühne herrscht noch immer Friedhofsruhe. Ein paar Leute klatschen rhythmisch und haben bald den ganzen Saal hinter sich.

„Anfangen!", brüllt ein Mann, der seine Tochter begleitet, die ich auf elf Jahre schätze. Sie hält auch eine Rose in der Hand. Das Mädchen wirft ihrem Vater einen Blick zu, der ausdrückt, dass sie sein Verhalten oberpeinlich findet.
Es vergehen noch zehn Minuten, dann erlischt die Saalbeleuchtung. Ein schwarz gekleideter Typ betritt die Bühne, schon geht das Gejohle los. Der junge Mann winkt ins Publikum. Ich erkenne sofort, dass es niemand von den Electric Boys ist. Er legt ein Handtuch neben den Stuhl des Schlagzeugers und geht winkend ab. Nach weiteren fünf Minuten, die mir wie fünf Stunden vorkommen, erscheint der Drummer, gleich darauf auch der Bassist und Tony, der Gitarrist und zweite Sänger. Pete bearbeitet das Schlagzeug. John und Tony greifen in die Saiten. Für einen Augenblick ist es total finster auf der Bühne. Die Musiker sind nur noch schemenhaft zu erkennen. Ein roter Scheinwerfer richtet sich auf die Mitte der Bühne und auf Rico, der scheinbar vom Himmel gefallen ist: weiße Jeans, schwarzer Blazer, weißes Hemd, schwarze Stiefel. Im Saal ein ohrenbetäubendes Gekreische. Ich fange an zu zittern, suche Halt und Geborgenheit bei Ellen-Jo, die sich anscheinend köstlich amüsiert. Überall werden Plakate hoch gehalten: Rico, ich liebe dich ... Rico, wir lieben dich ... Rico, du bist der Größte ... Danke, Rico ...
Plötzlich wird in den hinteren Reihen ein Lied angestimmt: „Happy birthday to you ..." Alle, wirklich alle singen mit. Feuerzeuge und Wunderkerzen erleuchten den Saal. Rico steht strahlend und mit ausgebreiteten

Armen auf der Bühne. Der Gesang nimmt kein Ende. Die Musiker stimmen in die Melodie ein. Bei mir fließen schon wieder Tränen, vor Freude, vor Rührung, vor Glück, vor Liebe, ach, von allem etwas und von allem zu viel.

„A fantastic show“, meint Ellen-Jo. Ich weiß nicht, ob sie es ernst oder eher spöttisch meint. Es ist mir auch egal. Für Rico ist es bestimmt der schönste Geburtstag seines Lebens. Am liebsten würde ich zu ihm stürzen, mein Gedicht und meine Rose überreichen und anschließend mit ihm zu den Sternen fliegen.

to calm down
sich beruhigen

„Rico, I love you!“ Ich stehe auf meinem Sitz und schreie mir die Lunge aus dem Hals. „I love you, I love you ...“

„**Calm down**, sweetie.“ Ellen-Jo holt mich auf den Boden zurück. Rico hebt beschwichtigend die Arme. Er meint mit der Geste alle im Saal.

„Thank you“, sagt er. „I'm very happy to be in Darmstadt and to celebrate my birthday with you. I love you all ...“

Nach den letzten Worten geht wieder ein unwahrscheinliches Gekreische los. Rosen und Stofftiere fliegen in Richtung Bühne. Manche verfehlen ihr Ziel. Ordner sammeln sie ein und legen sie Rico zu Füßen.

„Thank you“, sagt Rico. „Thanks for all your presents. I love Germany, I love Darmstadt, I love you all ...“

Schon ist eine gute halbe Stunde des Konzerts vergangen. Rico hat noch keine einzige Zeile gesungen. Endlich kehrt Ruhe ein. Die Electric Boys spielen ihren neuesten Hit: *Do You Know How Much I Love You ...*

Die meisten Konzertbesucher können den Text auswendig und grölen aus voller Kehle mit. Wieder werden Feuerzeuge und Wunderkerzen hochgehalten. Die Live-Fassung des Songs ist anders als auf der CD, dauert statt vier Minuten eine gute Viertelstunde.
Ich vergesse nach und nach meine Umgebung, tauche in die Musik ein, habe den Blick starr auf Rico gerichtet, höre und sehe nur noch ihn, vergesse sogar zu applaudieren, weiß gar nicht mehr, dass Ellen-Jo neben mir sitzt und erschrecke, als die Saalbeleuchtung mich blendet.

What's up? Was gibt's?
encore Zugabe

„Sweetie, **what's up?** Are you still alive?" Ellen-Jo versetzt mir einen Rippenstupser nach dem anderen.
„Is the concert over already?"
Menschenmassen schieben sich zu den Ausgängen. Überall erhitzte, aber glückliche Gesichter. Auf der Bühne sammelt der Typ, der zu Beginn das Handtuch brachte, die Geschenke ein. Er schmeißt alles in einen Wäschekorb. Ich finde, er könnte etwas behutsamer sein.
„Would you like to drink something?", fragt Ellen-Jo.
Ich befeuchte meine Lippen mit der Zunge, merke, dass mein Hals total ausgetrocknet ist und kann es immer noch nicht fassen, dass alles vorbei sein soll.
„Didn't he give an **encore**?"
„Have you gone mad? They're taking a break", klärt Ellen-Jo mich auf. Ich lache wie über einen guten Witz, hake mich bei ihr unter und ziehe sie zum nächsten Getränkestand. Wir warten geduldig, bis wir an der Reihe sind, gönnen uns einen sündhaft teuren alko-

holfreien Cocktail, prosten uns zu und finden uns und Ricos Auftritt einsame Spitze.
Nach der Pause fällt vor uns ein Mädchen in Ohnmacht. Gleich sind zwei Sanitäter zur Stelle und tragen sie hinaus. Die Stimmung im Publikum bleibt ausgelassen. Ich bin mit meinen Gedanken woanders und hoffe, dass nachher alles klappen wird, wie ich es mir vorgestellt habe.
„What's the matter? Why do you keep looking at your watch?" Ellen-Jo verzieht das Gesicht.
„I'll have to disappear for a minute", sage ich und erhebe mich vom Stuhl. In gebückter Haltung schleiche ich aus dem Saal. Draußen hole ich erst einmal ganz tief Luft. Werde ich nicht von allen Seiten misstrauisch beäugt? Auf einmal läuft mir ein kalter Schauer über den Rücken. Vor dem Eingang sehe ich Papa. Er läuft auf und ab, schaut aber zum Glück in eine andere Richtung. Ich würde niemals ungesehen an ihm vorbeikommen. Nachher ist meine Chance besser, dann kann ich mich in der Masse verstecken. Ich kehre zu Rico und Ellen-Jo zurück, greife nach ihrer Hand und drücke sie so fest, dass sie aufschreit.
„Are you trying to **crush** my hand?"
Ich ziehe meine Hand zurück und erfahre von Ellen-Jo, dass die Electric Boys gerade die zweite Zugabe spielen, eine einfühlsame Ballade, bei der wieder alle mitsingen und die Feuerzeuge schwenken: *A love song for the girl I love ...*
Ich kenne das Lied nicht. Es ist auf keiner CD der Gruppe, und ich besitze alles, was sie jemals produziert haben.

to crush
zerdrücken

„Have you heard this song?“, frage ich Ellen-Jo.
„No. The song is **brand new**. Rico said he wrote it three weeks ago.“

brand new
brandneu

Vor drei Wochen? Das könnte mit meinem Traum hinhauen. Auch wenn das Mädchen, das er besingt, keinen Namen hat, bin ich fest davon überzeugt, dass er mich, nur mich damit meint. Es ist ja auch logisch, meinen Namen zu verschweigen, denn dann wären Millionen Mädchen auf der Welt eifersüchtig und würden seine CDs nicht mehr kaufen. Von mir wird niemand etwas erfahren. Ich möchte ja auch nicht jeden Tag in der Zeitung stehen und mit ihm abgebildet sein. Liebe ist Privatsache. Ich bin froh, dass er das genauso sieht.
„Rico, I love you too!“
Irgendwer hinter mir lacht gemein. Na und, auch damit kann ich leben. In vielleicht nicht einmal einer Stunde wird sich mein schönster Traum erfüllen. Kein Mensch weiß davon, nicht einmal Ellen-Jo.
„When will you give him your present?“, fragt sie mich in diesem Moment. Eine berechtigte Frage, die ich auch beantworten könnte. Aber sie wird es noch früh genug erfahren.
„I think he already has enough roses“, sage ich und schiebe ein falsches Lachen hinterher. „And the poem I can send him by post.“
„If you say so.“
Der letzte Ton ist verklungen. Niemand hält es mehr auf seinem Sitzplatz. Alle kreischen und klatschen wie wild. Aber es nützt nichts. Es gibt keine weitere Zugabe. Im Saal gehen die Lichter an. Die Electric Boys

sind längst von der Bühne verschwunden. Der schwarz gekleidete Typ holt die Gitarren. Bühnenarbeiter beginnen mit dem Abbau der Boxen und Verstärker.
„We have to hurry up“, drängelt Ellen-Jo. „It's getting late. Your father's been waiting outside for quite a while.“
„First I have to go to the toilet“, sage ich.
„Again?“ Ellen-Jo zieht die Augenbrauen hoch. Mir doch egal, was sie von mir denkt. „I'll go ahead and let your father know, so he doesn't worry about us.“
Ellen-Jo ist wirklich der eigenartigste Mensch, den ich kenne: manchmal obercool, dann wieder angepasst wie eine Klosterschülerin.
In der Vorhalle trennen sich unsere Wege. Ich gehe tatsächlich zur Toilette, um mich frisch zu machen. Dann tauche ich in den Strom der Konzertbesucher, die nach Hause streben, und schaffe es, ungesehen an meinem Vater und Ellen-Jo ins Freie zu gelangen. Ich halte die Luft an, habe Angst, in letzter Sekunde von ihnen entdeckt zu werden, beschleunige das Tempo, fange an zu rennen, flitze zum Taxistand am Luisenplatz, setze mich atemlos in den ersten Wagen. Der Fahrer wirft den Motor an und beäugt mich im Innenspiegel, als erwarte er, dass ich ihn gleich zu einer wilden Verfolgungsfahrt auffordern würde.
„Zum Palace-City-Hotel“, sage ich, als ich wieder bei Atem bin.
„Palace-City-Hotel“, wiederholt der Mann. Er legt den Gang ein und düst los. Ich drücke mich in das weiche Leder und schließe die Augen. Gleich wird mein Leben sich total verändern ...

TRAUMBOY mit Schokolade

„So, da wären wir“, sagt der Fahrer und nennt den Preis der Fahrt. Ich gebe großzügig Trinkgold und steige aus. Bin ich im falschen Film und vor dem verkehrten Hotel gelandet? Die Glastür zum Palace-City ist von Polizisten umstellt. Davor lauern ein paar Dutzend kreischender Mädchen. Das darf einfach nicht wahr sein. Dabei habe ich ewig im Internet gesucht und Telefonate geführt, bis ich herausgefunden habe, in welchem Hotel die Electric Boys übernachten. Anscheinend bin ich nicht die Einzige gewesen. Dabei hatte ich mir alles so einfach vorgestellt. Ich würde vor dem Hotel auf Rico warten: ein tiefer Blick, ein Lächeln, eine scheue Berührung, meine Rose, das Gedicht, eine Umarmung, ein Wangenkuss, ein Lippenkuss, ein Zungenkuss, der Anfang einer wunderbaren Liebesgeschichte, wie sie kein Romanschreiber erfinden könnte.

Statt dessen hat meine eigene Phantasie mich angeschmiert, ja das hat sie, belogen, betrogen, reingelegt und in die Irre geführt hat sie mich.

to shake sb (shook, shaken) off
jdn abschütteln

Ich schalte mein Handy an, höre die Mailbox ab und die aufgeregte Stimme meines Vaters: „Wo steckst du denn? Ellen-Jo und ich haben schon ganz Darmstadt nach dir abgesucht. Melde dich bitte.“

Fingerflink tippe ich eine SMS an Ellen-Jo: Sorry I **shook** you **off**. I'm at Rico's birthday party. I'm fine,

I'll contact you again. **Greetings** to my papa. ☺☺☺

greeting Gruß

Ich finde, die drei Smileys hat sie sich verdient. Einen davon kann sie ja meinem Vater schenken. Ich nähere mich den kreischenden Fans, die durchweg weiblich und zwischen zwölf und gruftig alt sind. Ein paar Mädchen spielen ein albernes Spiel mit der Polizei. Sie versuchen immer wieder ins Hotel zu flutschen, werden aufgehalten und sanft zurückgeschubst. Soll ich bleiben und auf Rico warten, eine unter vielen mit einer Rose und einem Gedicht in der Hand? Im Laufen lasse ich die Rose fallen. Das Gedicht werde ich ihm bei Gelegenheit schicken.

Zum Glück kenne ich in der Nähe des Hotels eine Eisdiele. Das ‚Venezia' ist drinnen gähnend leer und im Hof zum Gähnen langweilig. Alle Tische sind mit Pärchen besetzt, die fette Eisbecher löffeln und sich anhimmeln. Ich suche mir lieber drinnen einen Platz, bestelle die „Überraschung des Hauses": sieben bis acht Kugeln Fruchteis, Krokant und Mandelsplitter, eine verboten süße Erdbeersoße und Sahne bis zum Abwinken.

Zwischendurch nehme ich mein Handy wieder in Betrieb, habe eine SMS von Ellen-Jo: I'm very disappointed in you. ☹☹☹

Papa hat mir wieder auf die Mailbox gequatscht: Dein Verhalten ist nicht fair. Bitte melde dich.

Ja, ja, ja, fair geht zwar vor, gewinnt aber nicht immer. Ist es denn fair, dass noch andere Mädchen vor dem Hotel auf Rico warten? Ist es fair, dass ich zu viel von diesem blöden Botenstoff in mir habe und durchgeknallt und verknallt bin? Die kluge Ellen-Jo kann meinem Vater ja meine momentane chemische Zusammensetzung erklären. Oder kann es auch sein lassen. Mir doch egal. Ich bin wütend, einfach so. Erwachsene haben schlechte Laune, wie es ihnen gerade passt. Heute bin ich mal dran.

„Zahlen!“

Der Kellner scheint schwerhörig zu sein. Wie oft muss ich denn noch rufen und mit meinem Geldschein wedeln? Jedenfalls bekommt er von mir keinen Cent Trinkgeld. Ich gebe ihm noch zwei Minuten, dann werde ich einfach gehen.

„Zahlen, bitte!“

Ich schaue in die Karte, lege den Betrag abgezählt auf den Tisch: sieben Euro, davon drei Zwei-Euro-Münzen und ein Euro in Zwei- und Ein-Cent-Münzen. Meine kleine Rache. Und tschüss ...

Mein Gott, hat der Typ keine Augen im Kopf? Rennt mich fast um und schüttet mir auch noch seine Schokosoße übers T-Shirt. Bravo, der Abend ist ein echter Griff in die Mülltonne. Das blöde Grinsen kann der Typ sich schenken. Woher kenne ich den nur? Aus der Schule, aus der Nachbarschaft? Ist er mir schon einmal begegnet, als ich Kimba ausgeführt habe? Oder gehört er zu Ellen-Jos Bekanntenkreis? Mein Gehirn rattert, aber bei Verliebten sind ja wichtige Teile lahmgelegt, unter anderem auch die Erinnerung. Außerdem ist es auch nicht wichtig, ob und woher ich den Kerl kenne. Er soll sich endlich vom Acker machen und mich nicht anstarren wie einen Verkehrsunfall. Was heißt mich? Meinen Busen stiert er an. Voll peinlich, der Typ!

clumsy ungeschickt

„Sorry, that was **clumsy**."
Oh, er kann sprechen, immerhin, das ist ja kein schlechter Anfang. Und er spricht Englisch. Ob er auch ein Fan von Rico ist, der vor dem Hotel gewartet hat? Liebe kann ja jeden treffen: Mädchen können sich in Mädchen verlieben, Jungen in Jungen. Vielleicht ist mein Schokosoßenboy ja auch in Rico verknallt.
„No problem", sage ich und weiß, dass es nicht besonders freundlich klingt. Jetzt stehen wir uns schon seit mindestens zehn Minuten vor der Eisdiele gegenüber und fixieren uns, als wollten wir uns gleich duellieren. Sein Eis schwimmt im Pappbecher.
„Have a nice evening", sage ich.
„Thanks, you too." Er streckt mir seine Papierserviette entgegen. Sie sieht sehr gebraucht aus, und ich lehne dankend ab. Daraufhin zaubert er ein blütenweißes Stofftaschentuch aus seiner Hosentasche. Wow! Das ist irgendwie komisch und zugleich rührend und wie in einem alten Schwarzweißfilm.
„Thanks a lot." Ich tupfe mein T-Shirt ab und saue sein Taschentuch ein. Er lacht, ein schönes, offenes Lachen. Ein Schneidezahn steht ein bisschen vor. Bei mir fällt der Cent: Vor mir steht der Typ, den ich vor ungefähr zwei Stunden auf der Bühne in der Alten Markthalle gesehen habe: als Handtuchträger, Gitarrenschlepper und Roseneinsammler. Ein Mensch, der meinen Traumboy höchstpersönlich kennt und wahrscheinlich eine Menge über ihn erzählen kann. Sieht ganz danach aus, als hätte in der Mülltonne auch ein Glückslos gelegen, und ich habe es gezogen!

„Would you like to drink something?", frage ich.
„An excellent idea", sagt er.
Ich überlege fieberhaft, wo wir hingehen könnten. Vor der Eisdiele werden die Stühle hochgestellt. Am Luisenplatz und vor der Alten Markthalle gibt es ein paar nette Cafés. Schließlich fällt mir das Chaos ein, eine Kneipe, in der schon meine Eltern viel Zeit vorbracht haben, damals, als sie noch jung waren. Mich haben sie später manchmal mitgeschleppt.
Wir laufen, schweigen, sehen uns manchmal scheu von der Seite an: Er sieht gut aus, nein, das ist zu schwach, er sieht göttlich aus, ist etwas größer als ich, schlank, braune, mittellange Haare, Stupsnase, schwarze Röhrenjeans, schwarzes T-Shirt, schwarze Turnschuhe. Mein Engel in Schwarz. Ich bin sicher, der Himmel hat ihn mir geschickt, der schwarze Bote, der mich auf Umwegen zu meinem Traumboy führen wird. Ellen-Jo wird mir die Geschichte bestimmt nicht glauben.
Wir erreichen das Chaos, alle Tische sind besetzt, aber am Tresen sind reichlich Plätze frei. Er lacht mich an. Mein Engel hat auch einen Namen: Mike. Und dunkelbraune Augen, das sehe ich, als wir mit O-Saft und Cola anstoßen.
„I was at the concert", sage ich und hoffe, damit ein Gespräch in Gang zu kriegen.
„Great", antwortet er. „Did you like it?"
„Yes, it was brilliant. Rico was great. The others weren't bad either. And the boy who picked up the roses was very good. What happens to all the roses and the toys?"

„Rico sells them back in London." Mike lächelt spöttisch. „No, all the stuff is **left behind** in the **dressing room**. The **cleaners** take away what they want."
„Oh, what a pity!", sage ich.
„Why?" Er guckt mich verständnislos an.
„They're presents from Rico's fans. Do you have any idea how much a rose like that costs? And the **soft toys** aren't cheap either. Some fans may have written a letter or a poem. Does Rico read his mail?"
„No, never. He doesn't have time. An office does his mail. They send out autograph cards. Rico and the others never even see all the letters."
Das ist der absolute Hammer. Oder habe ich da einen Wichtigtuer und Klugschwätzer neben mir sitzen, der es locker mit Ellen-Jo an ihren besten Tagen aufnehmen könnte?
„So why does he write on his website that he'd be happy to get letters? And that he can't answer every one **personally**?"
„The homepage is done by the band's manager", antwortet Mike knapp. Er greift nach seinem Glas und lässt seinen Blick durch die Kneipe schweifen, wohl ein Zeichen dafür, dass er das Thema wechseln möchte.
„Why didn't you go to the birthday party?"
„I didn't feel like it", sagt Mike und nippt an seiner Cola.
„Or didn't he invite you?" Ich habe es scherzhaft gemeint, aber meine Frage löst bei Mike einen mittleren Wutanfall aus.

to leave (left, left) behind zurücklassen
dressing room Garderobe
cleaners Putzleute
soft toy Plüschtier
personally persönlich

„**That's none of your business.** Do you think it's important to me to be there? **Among** all those **pompous asses** who run around and talk rubbish all the time?"
Seine Stimme ist laut geworden. Die Bierzapferin hinterm Tresen blickt auf.
„Sorry", sagt Mike im nächsten Augenblick. „But wherever I go everybody always asks me about Rico. I'm Mike!"
„I understand", antworte ich, obwohl ich es nicht ganz verstehe. Ist er denn nicht stolz darauf, für so eine berühmte Band arbeiten zu dürfen? Ich wäre der glücklichste Mensch auf der Welt, wenn ich jeden Tag in Ricos Nähe verbringen könnte.
„I'm a **musician**", sagt Mike auf einmal. Er spricht es so leise aus, als würde er sich dafür schämen.

That's none of your business. Das geht dich nichts an.
among unter
pompous ass Wichtigtuer(in)
musician Musiker(in)
unmusical unmusikalisch

„That's great", versuche ich ihn zu ermutigen. „What instrument do you play?"
„Guitar and piano", antwortet er. „And I sing."
„I'm afraid I'm completely **unmusical**", sage ich.
Er lacht, und ich sehe seinen schiefen Schneidezahn. Ein trauriges Lachen, hinter dem sich vielleicht ein Geheimnis verbirgt. Plötzlich kann ich mir denken, warum er sauer wird, wenn von Rico die Rede ist. Wahrscheinlich wünscht er sich, an seiner Stelle zu sein und wäre gerne so reich, berühmt und umschwärmt wie er.
„Are you a good guitarist?"
„I'm a brilliant guitarist!"

Ich grinse, denn ich nehme an, dass er es nicht ernst gemeint hat. Sicher ist er ein lausiger Gitarrist und mit seinen Sangeskünsten wird es auch nicht so toll sein.
„I won some prizes", fährt er unbeirrt fort. „When I was a kid."
„Really?"
„You're thinking that was a long time ago."
Jetzt müssen wir beide lachen. Mir liegen noch tausend Fragen auf der Zunge. Sie haben alle mit Rico zu tun. Aber ich bin ja ein höflicher Mensch und möchte Mike nicht verärgern. Irgendwie ist er süß, und wenn ich nicht schon unsterblich in Rico verknallt wäre ... Was sind das denn für dumme Gedanken?
„Do you live in London?"
„Yes. I've lived there all my life – almost nineteen years now."
„I've never been there. But I'm coming soon. My friend and I are saving up for the trip to London."
„Then you can come for a visit. Would you like to see me again?" Mike schaut mich mit großen Augen an. „Just an idea", fügt er hastig hinzu, als ich zögere, seine Einladung anzunehmen.

at my place
bei mir

„I like the idea", sage ich rasch.
„Really?"
„Yes, I don't know anybody in London." Gleich darauf könnte ich mir in den Po beißen. Was soll er nur von mir denken? Natürlich möchte ich ihn auch wieder treffen, weil er ein netter Typ ist, mit dem man sich prima unterhalten kann. Und warum sage ich ihm das nicht?
„You and your friend could stay **at my place**, if you

want“, bietet er an. „The hostels in London are quite expensive.“
„Thanks a lot. But I’ll have to ask my friend first whether she agrees.“
„Of course.“
„Is your flat big enough for all of us?“
„I think so.“ Mike zieht seinen Geldbeutel aus der Gesäßtasche und fingert eine Visitenkarte aus der abgegriffenen Geldbörse.
„Here’s my address, my phone number and my e-mail address. It’d be really nice if you got in touch.“
„Thanks … When do you go back to London?“
„Tomorrow“, sagt er und streckt der Kellnerin das leere Glas entgegen.
„And where’s the next concert?“
„We’ve got a break now.“ Er atmet tief durch. „But we’re coming back soon.“
„I thought Darmstadt was the only concert in Germany?“
„You shouldn’t believe everything you hear“, sagt er. „The next concerts have already been arranged.“
„So why does nobody know about them?“ Ich überbrücke meine Unwissenheit mit einem möglichst coolen Lächeln.
„Well“, sagt er und setzt zu einer langatmigen Erklärung an. „Things aren’t looking too good for the Electric Boys. The new CD isn’t selling well …“

all over überall

„But the new song is **all over** the charts“, unterbreche ich Mike und hoffe, dass er der Unwissende ist. Oder er spielt mir hier eine große Schau vor, um Rico in die

Pfanne zu hauen. Oder meint er etwa, er hätte ein kleines Mädchen neben sich sitzen, das man mal nach Herzenslust auf den Arm nehmen kann?
„Like I said, you mustn't believe all the **gossip**. Rico has some **tough** managers. They **employ** people to **buy up** the CDs."
„But that's a **swindle**!", empöre ich mich. „Does Rico know about it?"
Mike grinst viel sagend, gibt aber keine Antwort. Ich bin sicher, dass Rico keine Ahnung davon hat, was sein Manager mit ihm anstellt.
„First they planned a big tour across Germany", fährt Mike fort. „But there wasn't enough **demand** for tickets to go to the big **stadiums**. They were afraid the tour would be a **flop**. Why do you think they decided to come to Darmstadt?"
„Because Rico likes Darmstadt more than other cities?", sage ich. Und weil er in Darmstadt seinen Geburtstag mit mir feiern wollte, füge ich in Gedanken hinzu. Plötzlich muss ich über meine eigene Gutgläubigkeit lauthals lachen. Glaubt nicht jeder Mensch gerne das, was ihm besonders gefällt? Die Hoffnung stirbt zuletzt ... Auch so eine Lebensweisheit meiner klugen Ellen-Jo.
„It wasn't too difficult to get a **full house** in Darmstadt, because the **venue** isn't huge. They also had the idea of **announcing** that it would be the only concert in Germany. Tomorrow you'll read in the papers that they're

gossip Klatsch
tough zäh, hart
to employ anstellen
to buy up aufkaufen
swindle Schwindel
demand Nachfrage
stadium Stadion
flop Misserfolg
full house voller Saal
venue Veranstaltungsort
to announce ankündigen

going to give some extra concerts because of the big demand. But they'll play only in smaller clubs."
„I understand", sage ich und bin kein bisschen empört, spüre nicht einmal einen Hauch von Verärgerung in mir. Eine andere, viel wichtigere Frage liegt mir auf der Zunge.
„Does Rico have a girlfriend?"
Mike bläst die Backen auf und ähnelt einem Frosch. Dann schneidet er eine Grimasse und sagt: „It's none of my business. I don't have anything to do with Rico's **private life**. You'd have to ask him yourself."
„I'd like to ask him. But I can't get close to him."
„If you want, I'll arrange for you to meet him", sagt Mike. Auf einmal greift er nach meiner Hand, eine hauchzarte Berührung, die nicht unangenehm ist.
„Sorry."
Eigentlich schade, dass er die Hand gleich wieder zurückzieht. Er schaut sie an, als hätte sie ohne sein Einverständnis etwas sehr Unartiges getan. Fehlt nur noch, dass er sich selbst auf die Finger klopft.
„I'd really like see you again", sagt er und blickt immer noch missbilligend auf seine rechte Hand. „In three weeks the Electric Boys are playing in the Glasfabrik in Frankfurt. I can get tickets for you and your friend. Special tickets with **backstage access**."
Ich weiß nicht, was ich antworten soll. Vielleicht gehöre ich auch zu den Mädchen, die während des Konzerts in Ohnmacht gefallen sind. Und nun träume ich halt so vor mich hin. Meine Eltern und Ellen-Jo sitzen an meinem Bett im Krankenhaus und ...

private life
Privatleben
backstage access
Zutritt zu den Garderobenräumen

„Gott sei Dank, da ist sie ja!“ Papa strahlt, als hätte ein Ratgeber aus seinem Verlag gerade Platz Eins der Bestsellerliste erklommen. Im nächsten Augenblick verfinstert sich seine Miene. „Ellen-Jo und ich haben mindestens ein Dutzend Kneipen abgeklappert. Kannst du dir vorstellen, welche Sorgen ich mir gemacht habe?“

„Ja, schon“, antworte ich kleinlaut und füge eine Entschuldigung hinzu. Ich hoffe, dass Papas Zorn bald verfliegt und mache alle miteinander bekannt. Und tatsächlich: Papa spendiert eine Runde Getränke nach Wahl und versucht, mit Mike ins Gespräch zu kommen.

„I'm a great fan of Arsenal London“, sagt er.

Das ist mir völlig neu. Bis eben wußte ich nicht einmal, dass Papa einen Tischtennisball von einem Fußball unterscheiden kann.

„A pretty good team“, sagt Mike.

Ellen-Jo muss dringend auf die Toilette, natürlich in meiner Begleitung.

„Were you at the birthday party?“, fragt sie, als wir außer Hörweite sind.

„No, but I **got to know** Mike“, antworte ich. „He works for the band. He'll get us free tickets for their next concert. They're coming to Frankfurt. Then we'll have the chance to meet Rico. Mike promised me! And I get the **impression** that he keeps his promises.“

to get to know kennen lernen
impression Eindruck

Ellen-Jo glaubt mir kein Wort. Kann ich mir denn selbst glauben? Manchmal ist es gar nicht so einfach, Traum und Wirklichkeit zu unterscheiden.

EINGEFRORENE TRÄUME

Der kleine Herr Sommer hat sich in den letzten Tagen anscheinend zu sehr angestrengt, ein hitziges Männlein, das in einer Woche alles nachholen wollte, was er vorher versäumt hatte. Nun ist er müde und übel gelaunt und bläst Trübsal und schwarze Regenwolken über das Land.
Ich habe meine Träume vorübergehend eingefroren und mich mit der Traurigkeit und einem dicken Buch in meinem Zimmer verkrochen. Dazu eine Tasse Vanilletee und in einer Schale ein paar Tropfen Patschouliöl, das ich mir von Mama ausgeliehen habe. Ich mag den waldig-erdigen und zugleich süßen Duft.
Schon nach wenigen Seiten habe ich mich müde gelesen. Ich werfe den PC an. Vielleicht hat Mike mir geschrieben. Seit unserem Abend im Chaos ist eine Woche vergangenen. Auf die versprochenen Tickets warte ich bisher vergebens. Bin ich auf einen Sprücheklopfer reingefallen? Es sieht ganz danach aus. Das Zusatzkonzert, von dem Mike erzählt hat, findet jedenfalls statt. Selbst bei uns in Michelstadt wurde dafür plakatiert. So richtig freuen kann ich mich aber nicht darauf. Irgendetwas in mir hat sich verändert. Im Stillen hatte ich halt doch gehofft, Ellen-Jos Geburtstagstheorie würde stimmen. Und was Mike über die Machenschaften des Managers erzählt hat, geht mir nicht mehr aus dem Kopf.

Aber was kann Rico dafür, wenn sein Manager ein Betrüger ist? Wenn ich ihn liebe, wirklich liebe, muss ich nun erst recht zu ihm halten.
Mein PC wird auch jeden Tag langsamer. Endlich bin ich drin im weltweiten Web, bekomme drei ungelesene E-Mails angezeigt: Werbung von einem CD-Versand, eine von Ellen-Jo und eine von Mike. Die Werbung lösche ich ungelesen und öffne zuerst die Post von Ellen-Jo.

From: EllenJo@KnowItAll.de
To: Hupsel2412@Sunpower.de
Re: Worries

Hi sweetie,
What's wrong? Did I hurt you somehow? Did I annoy you? You haven't written to me, you haven't called me, you don't answer my calls, and you ignore my text messages. Why are you being so **unfriendly**? Should I be worried about our friendship? Please contact me.
Love,
Ellen-Jo

unfriendly
unfreundlich

Ja, ich habe auch ein schlechtes Gewissen. Im Moment ist mir nicht nach Ellen-Jo, nach klugen Ratschlägen, nach Horoskopen und Theorien.

From: Hupsel2412@Sunpower.de
To: EllenJo@KnowItAll.de
Re:Re: Worries

Hi Ellen-Jo,

Sorry, but I'm busy. I'll get in touch soon.
See you,
Amelie

Ein Mausklick, schon sind meine Worte versendet und nicht mehr rückgängig zu machen. Bin ich das, die gerade so kalt und fremd ihrer besten Freundin geschrieben hat? Besser nicht lange darüber nachdenken. Noch ein Mausklick, und ich kann lesen, was Mike mir aus London geschrieben hat:

From: Mike@TheElectricBoys.co.uk.
To: Hupsel2412@Sunpower.de
Re: Tickets

Hi Amelie,
I haven't forgotten you. In fact, I think of you often. The evening with you was wonderful. I hope we can **continue** our talk when we come to Frankfurt for the concert. I couldn't see about getting tickets before today because I had an awful toothache after we got back to London. Now I'm over the worst and I'm fine. I've sent the tickets by post. Looking forward to seeing you again in Frankfurt!
I'm **attaching** two poems that I wrote. Do you like poems? If not, you can **delete** them.
Greetings from London
Mike

to continue fortsetzen
to attach anhängen
to delete löschen

Meine Stimmung hellt sich auf. Ich habe Mike also doch richtig eingeschätzt: ein Typ, auf den man sich verlassen kann. Und er schreibt Gedichte! Deutsche Jungen schreiben keine Gedichte. Ich kenne jedenfalls keinen einzigen.

Ich öffne die Datei, speichere sie in meinem Aktenkoffer, verabschiede mich aus dem Internet und lese offline Mikes Verse.

Summer

The sun is **gilding** the sky;
I see its gold in your hair.
I dream of you and I want
To **wander** with you to the stars.

Hübsch. Hat er dabei an mich gedacht? Und wenn es so wäre, sollte ich mich darüber freuen?

Longing

A **glance** in your eyes,
A soft touch.
Your blue eyes are
Deep like a lake.
In my dreams I **stroke**
Your **velvet** skin.
At night I **embrace** my pillow
And whisper your name in your ear.

to gild vergolden
to wander umherwandern
longing Sehnsucht
glance Blick
to stroke streicheln
velvet samten
to embrace umarmen

Er meint mich! Warum sonst schickt er mir gerade diese beiden Gedichte? Mike ist verknallt in mich! Ich habe keine Ahnung, was ich davon halten soll. Seine Worte lösen in mir ein warmes und weiches Gefühl aus. Aber sie verwirren mich auch. Er sieht gut aus, scheint klug zu sein, schreibt Gedichte und im Gegensatz zu Rico lebt er nicht in einer Welt, zu der ich offenbar keinen Zutritt habe.

Der Vanilletee ist kalt geworden. Ich brühe mir eine neue Tasse und muss dann unbedingt mit Ellen-Jo quatschen.

„Hi, how are you?"

„I read your e-mail", antwortet Ellen-Jo eisig.

„Yes, I'm really sorry", sage ich etwas kleinlaut.

Ellen-Jo schweigt. Im Hintergrund läuft total laute Musik, irgendetwas Klassisches. Ich wiederhole meine Entschuldigung. Ellen-Jo schaltet auf stur.

to upset sb
jdn durcheinander bringen

„Wenn du nicht mit mir reden willst, kann ich's auch nicht ändern", blaffe ich sie an und beende mit einem Knopfdruck die Verbindung. Doch das schlechte Gewissen nagt an mir. Es muss ihr echt mies gehen, wenn sie wegen meiner E-Mail so durch den Wind ist. Keine fünf Minuten später rufe ich sie wieder an.

„Ellen-Jo, it's Amelie again. Listen, I'm really sorry. I didn't mean to **upset** you, it's just ..." Weiter komme ich nicht. Ellen-Jo heult und schnieft und möchte mich unbedingt besuchen. Ich muss fünfmal nachfragen, ehe ich sie verstehe, denn ihre Worte werden von ihrem Geschluchze verschluckt.

„I'm at home", sage ich.
„Thanks. I'll be there in ten minutes. You don't mind me coming?"
„Not at all!"
Ich brühe eine Kanne Vanilletee, fülle eine Schüssel mit Schokokeksen und lege eine Familienpackung Papiertaschentücher bereit. Danach greift Ellen-Jo zuerst und schnäuzt sich kräftig die Nase. Sie wirkt zerbrechlich wie dünnes Glas. So durch den Wind habe ich sie noch niemals erlebt.
Ich gieße uns beiden Tee ein. Wir kauern uns im Schneidersitz auf mein Bett.
„Do you want to listen to some music?", frage ich. „If you want classical music, I'll have to look among my dad's CDs."
„Classical music? What gives you that idea?"
„I heard something like that on the phone."
Sie verzieht das Gesicht. „Oh, right. For days I've had to listen to Mozart's **clarinet** concerto. My mum plays it all day long."
„Why?"
„Peter", stößt Ellen-Jo hervor und bricht wieder in Tränen aus. Ich nehme sie in die Arme und streichle ihr den Rücken.
„Peter and Mum aren't together any more", erzählt Ellen-Jo, als sie sich beruhigt hat. „The bastard packed his bags and left three days ago. He did it secretly. Later he sent a text message to Mum saying: Sorry, but my feelings aren't strong enough for a closer **relationship**. He's such a **coward**!"

clarinet Klarinette
relationship Beziehung
coward Feigling

„Yes, that was really **pathetic**", unterstütze ich sie. „Mum's really **suffering**. She stays in her bedroom all day listening to Mozart. She drinks **sparkling wine** and eats sweets and I don't know what to do. I just can't reach her. I already **tried** to talk to Peter, but his mobile is **switched off** and the answering machine is on at his house. Men are pigs."

Ellen-Jo knabbert an einem Keks. Die Tränen sind versiegt. Sie schenkt mir ein schiefes Lächeln und sagt: „It's good to have you. I was beginning to think that we weren't friends any more and that thought just **pushed me over the edge**."

„Oh, Ellen-Jo, I'm so sorry. I don't know what made me be so rude", antworte ich. „I wouldn't know what to do if you weren't my friend."

„Really?"

Im nächsten Moment müssen wir losprusten. Wir gickeln und gackeln wie in alten Zeiten. Ich fühle mich Ellen-Jo sehr verbunden und habe eine Idee: „Why don't you **stay the night**? Or even for the rest of the holidays?"

„Thanks, it's sweet of you. But I shouldn't leave Mum alone now. She might have a complete **breakdown.**"

„But this isn't the first time in her life that she's **been lovesick**", versuche ich Ellen-Jo zu beruhigen. „I'm sure she'll feel better in a few days, and then she'll go and fish for a new man on the Internet."

pathetic erbärmlich
to suffer leiden
sparkling wine Sekt
to try (tried, tried) versuchen
switched off ausgeschaltet
to push sb over the edge jdn völlig fertig machen
to stay the night übernachten
breakdown (Nerven)zusammenbruch
to be lovesick Liebeskummer haben

Ich lache, ein bisschen zu laut, aber Ellen-Jo soll merken, dass ich es witzig gemeint habe.
„Maybe“, brummt sie.
„Now that you're here ...“, sage ich und reiche ihr die Knabberschüssel. Sie schüttelt den Kopf. „... Mike has written to me.“
Meine Mitteilung löst bei Ellen-Jo keine Begeisterung aus. Sie gähnt und hält nicht einmal die Hand vor den Mund.
„Mike. He works for the Electric Boys“, helfe ich ihr auf die Sprünge. „Mike from London ...“
„And what does he say?“, fragt sie und gähnt noch einmal.
„He's sent us two tickets for the concert in Frankfurt. We'll get them tomorrow or the day after tomorrow. Aren't you excited?“
Ellen-Jo zieht die Mundwinkel bis zu den Ohren. Was soll das denn jetzt? Mir muss sie nichts vorspielen. Gleich ist sie wieder bei ihrer Mum und deren Ex-Lover. Endlich kapiere ich, dass es gar nicht wichtig ist, ob und was ich dazu sage. Es geht ihr nur darum, alles ausbreiten zu können. Ich gucke sehr ernst und gnadenlos interessiert, seufze ab und zu und wiege meinen Kopf gedankenschwer.
Zwei Teelichter sind schon abgebrannt. Ellen-Jo ist immer noch am Reden. Inzwischen ist sie bei ihrem Vater angelangt, einem Jazzmusiker, von dem es sogar Schallplatten gibt. Ellen-Jo hat mir mal eine vorgespielt.
„He gave me a red **tricycle**“, sagt Ellen-Jo. „With red wheels and a red basket. I wasn't even two years old at the time.“

tricycle Dreirad

Ich staune, dass sie sich daran noch erinnern kann. Oder hat ihre Mutter es ihr erzählt? Ellen-Jos Papa kam bei einem Verkehrsunfall ums Leben, als sie drei Jahre alt war.
Ellen-Jo nippt an der Teetasse, befeuchtet die Lippen mit der Zungenspitze und sagt: „Sometimes I miss my father very much."
„I can imagine", sage ich, aber das stimmt eigentlich nicht. Wirklich vorstellen kann ich es mir nicht. In meiner Klasse sind viele, die ihren Papa nur ab und zu sehen, weil die Eltern sich irgendwann getrennt haben. Da redet niemand groß drüber. Für die meisten scheint es wie eine Erkältung zu sein, die man hinnehmen muss. Ich hoffe, meine Eltern bleiben vom Trennungsvirus verschont.
„Do you remember the day we first met?", fragt Ellen-Jo auf einmal.
„I won't ever forget that", antworte ich. „We were five or six years old."
„Four!", sagt Ellen-Jo mit einer Bestimmtheit, die keinen Widerspruch zulässt. Ich komme mir in diesem Augenblick schrecklich alt vor und finde es seltsam, dass Ellen-Jo und ich in Erinnerungen schwelgen: Damals kurz vor Weihnachten im Luisen-Center in Darmstadt, wo wir uns verlaufen hatten und anschließend im Fundbüro auf unsere Mütter warten mussten.
Draußen fährt ein Auto vor. Gleich darauf steht meine Mutter in der Tür und verkündet: „Es gibt etwas zu feiern!"
„Hast du eine Gehaltserhöhung bekommen?", frage ich.

„Nicht direkt“, sagt Mama.
„Indirekt?“, hake ich nach. „Bekommst du einen Dienstwagen oder so etwas in der Art?“
„Ich habe gekündigt!“ Mama freut sich, als wäre es der größte Spaß, seinen Job zu verlieren.
„Weiß Papa davon?“, möchte ich wissen.
Mama zuckt nur mit den Achseln. Eine Stunde später sitzen wir in der Pizzeria, auch Ellen-Jo und ihre Mutter, denn ich habe meiner Mama von Anna Pussallas Liebeskummer erzählt. Gemeinsam haben wir es geschafft, sie weg vom Klarinettenkonzert und zurück ins Leben zu locken. Ellen-Jo tätschelt alle paar Minuten meine Hand, als ob das mein Verdienst wäre. Aber ich schmücke mich nicht gerne mit fremden Federn und habe sowieso nur eins im Sinn: Warum hat Mama gekündigt?

GESTOHLENE WORTE

From: Hupsel2412@Sunpower.de
To: Mike@TheElectricBoys.co.uk
Re: Thanks!

Hi Mike,

Thanks a million! The tickets arrived today. I'm very happy. It's great that you kept your promise. Many thanks also for your poems. I really liked them. I don't want to be **indiscreet**, but I suppose that when you were writing them you **had** a girl **in mind** … ?

indiscreet indiskret
to have in mind im Sinn haben
agency Agentur
based angesiedelt
to sign unterschreiben
contract Vertrag
undecided unentschlossen
publishing Verlagswesen

I have some sensational news. Did I tell you that my mother is a photographer? She was working for our local paper. Half a year ago she won a prize for one of her photos. I think she's very good at her job. Now she's had an offer from a big agency. Guess where this **agency** is **based**. No, you'll never guess! In London! It's crazy, isn't it? Mum **signed** a **contract** for three years. Now we have to decide whether the whole family should move to London. I'd like to live there. Of course I'd miss my friend Ellen-Jo. But she could visit me in the holidays. Three years isn't forever. My dad is **undecided**. He doesn't like his job in **publishing** very much, and he could try

to find work as an **interpreter** in London. But he'd rather do something else. He wants to write a **novel**. Can you imagine? I hadn't **the faintest idea**.
He used to write poems; some of them were **published** in magazines. Mum **supports** his plans. She says that she would earn enough money for all of us. I like the idea that Dad would get a chance to make his dream come true.
Once again, thank you so much for the tickets.
Love,
Amelie

interpreter Dolmetscher
novel Roman
the faintest idea die geringste Ahnung
he used to früher hat er
published veröffentlicht
to support unterstützen
surprise Überraschung

Und klick ... Ich finde, das Internet ist die größte Erfindung aller Zeiten. In Sekundenschnelle saust meine Mail von Michelstadt nach London. Vielleicht sitzt Mike gerade vorm PC und liest schon meine Worte. Bald werde ich ihn ja ab und zu sehen, so als Kumpel, der mir die Sehenswürdigkeiten von London zeigen wird. Wieder dieses warme und weiche Gefühl bei dem Gedanken an ihn.
„Amelie!"
Meine liebe, treu sorgende Mutter hat sich völlig verändert. Die Aussicht auf den neuen Job und London hat sie in eine Gutelaunefrau verwandelt. Früher fand sie es „spleenig", wenn ich mich mit Ellen-Jo auf Englisch unterhalten habe, jetzt kennt sie keine andere Sprache mehr.
„How are you? I'm sorry, it must have come as quite a **surprise**. I would have told you earlier, but the

agency delayed the decision, and then I had to give them an answer immediately. It was a complete surprise for your dad, too."

„No problem. I've been told to be **forgiving** of **parental faults**", antworte ich. „And I'm looking forward to London, because ..."

forgiving verzeihend
parental faults elterliche Fehler
to get used to sth sich an etwas gewöhnen
to vary unterschiedlich sein

„I can imagine", unterbricht Mama mich. „You'll be closer to your Rico."

„He is not my Rico!" Leider nicht, füge ich in Gedanken hinzu und habe plötzlich Mike vor Augen und seine Verse auf den Lippen: „At night I embrace my pillow/ And whisper your name ..."

„Say that again." Mama tut sehr erstaunt.

„Not you", sage ich.

„Rico", sagt sie.

„Perhaps." Wirklich sicher bin ich mir nicht mehr. In letzter Zeit denke ich öfter an Mike. Ich schreibe Rico auch keine Briefe mehr. Reine Zeit- und Portoverschwendung, wenn er sie doch nicht liest.

„Is Dad going to be a writer when we're in London?"

Mama zieht die Augenbrauen hoch: „He's wanted to write a novel ever since we met. Now he has the chance to do it. He only has to **get used to** the idea that he won't have his own money at the beginning. I'll pay him generous pocket money. Men sometimes find it difficult when their wives earn the money."

„And women don't when it's the other way round?"

„That **varies**", meint Mama.

Eine wirklich kluge und zugleich nichts sagende Antwort. Ich bohre nicht weiter nach. Für mich ist klar, selbst wenn Rico und ich ein Paar wären, wäre mir sein Geld egal. Ich möchte einen Beruf haben und mein eigenes Geld verdienen. So gesehen kann ich Papa verstehen. Aber Schreiben ist ja auch ein Beruf und ein ziemlich anstrengender sogar. Das weiß ich aus eigener Erfahrung. Wenn der Roman erst geschrieben und gedruckt ist, kann Papa immer noch reich und berühmt werden. Oder auch nicht. Es gibt wunderschöne Bücher, die kein Mensch lesen will. Dumm gelaufen, wenn man jahrelang Seite um Seite getippt hat und das Geschriebene dann in den Buchläden verstaubt.

„Before I forget, I hope we won't have any stress this time ..."

„What do you mean?" Mama wirft einen Blick auf ihr Handy, auf dem gerade eine SMS angekommen ist.

„I'm talking about the concert in Frankfurt", kläre ich sie auf.

Erst tut sie so, als wüsste sie von nichts. Gleich darauf schiebt sie die Verantwortung auf Papa, der noch nicht das „letzte Wort" gesprochen habe.

„Frankfurt is bigger than Darmstadt. A lot of people you don't want to get too close to **loiter** about the main station – not just at night. And I'd like to **remind** you of the fact that you've **abused** our confidence once already."

Meine Mutter ist wieder ganz die Alte und vergisst, dass ich vierzehn bin und keine vier. Es stimmt ja, nach dem Konzert in Darmstadt habe ich wirklich Mist gebaut. Nun könnte ich beweisen, dass ich aus meinem Fehler gelernt habe. Aber sie hat sowieso kein

to loiter sich herumdrücken
to remind jdn an etwas erinnern
to abuse missbrauchen

Ohr für meine Argumente. Und was sie vorzubringen hat, stammt aus einer hundertfünfzig Jahre alten Mottenkiste der Erziehung.

„Monika lives in Frankfurt“, sagt Mama auf einmal.

Richtig, Papas jüngere Schwester. Geschieden und kinderlos, Vegetarierin und Salsatänzerin. Wann haben wir uns zum letzten Mal gesehen? Als Kind durfte ich sie ab und zu besuchen. Sie ist mit mir in den Palmengarten und in den Zoo gegangen. Ich ahne, was Mama ausgeheckt hat: Tante Monika soll uns vom Konzert abholen und wahrscheinlich sollen wir auch bei ihr übernachten, damit wir nicht spät am Abend nach Hause zurück müssen.

spoilsport Spielverderber
language course Sprachkurs
to succeed Erfolg haben

Doch Mama sagt nur: „I'll talk to your dad.“ Dann lässt sie mich wieder allein, denn sie hat noch schrecklich viel zu erledigen. Kaum ist sie draußen, schnappe ich mir das Telefon und rufe Ellen-Jo an.

„Hi, everything okay with you? I have good news.“

„You won't be leaving me?“, fragt Ellen-Jo.

„Oh, please, don't be such a **spoilsport**. It isn't easy for me to go to London without my very best friend. But I'm looking forward to living in the big city. You can visit me in the holidays and we'll send each other e-mails and talk on the phone ...“

Ellen-Jo schweigt. Ich erinnere sie an unsere gemeinsamen Erlebnisse: „Do you remember the time after our **language course** in Brighton, when we tried to translate song lyrics from English into German? Sometimes we **succeeded.** And you remember our time at the pony farm, where we **slaved away** every afternoon for weeks **on end**? **In return** we were allowed to ride one of the ponies from time to time."

„Please, stop it! **It's no use**. We'll lose each other soon", unterbricht Ellen-Jo meine Mutmacherworte, die ja auch ein bisschen für mich selbst bestimmt sind. Im Augenblick liegt der Umzug noch in weiter Ferne. London ist noch gar nicht richtig in meinem Kopf angekommen.

„Things happen", behauptet Ellen-Jo. „You'll find a new best friend in London and not think of me any more."

„How do you know that?" Am liebsten würde ich das Telefon gegen die Wand knallen. Warum unterstellt sie mir so was? Warum soll ausgerechnet ich die Treulose sein? Sie wird sich auch eine andere Freundin suchen und finden. Oder einen Freund. Ach, was weiß ich. Ist mir auch egal. Nein, ist es nicht. Plötzlich bin ich wütend: auf mich, auf Mama, auf die ganze Welt. Warum kann Ellen-Jo sich nicht einfach mit mir freuen? Den Rest besorgt die Zeit ... Ich erzähle Ellen-Jo von Tante Monika und was Mama sich wohl überlegt hat.

> **to slave away** sich abplagen
> **on end** ohne Unterbrechung
> **in return** im Gegenzug
> **It's no use.** Es nützt nichts.

„Stay in Frankfurt overnight? Then I'll have to carry a bag around with me", mault Ellen-Jo.

„It's only for one night, not a week", entgegne ich. Als Antwort erhalte ich nur einen beleidigten Grunzton. Am liebsten würde ich das Telefonat auf der Stelle und ohne Kommentar beenden, aber ich habe aus unserem letzten Streit gelernt. „I'll call you again some other

time“, sagte ich und lege auf. Jetzt brauche ich Bewegung.
Ich schwinge mich auf mein Fahrrad und düse ziellos durch die Gegend. Nach einer Stunde bin ich total ausgepowert und mit mir und dem Rest der Welt zufrieden. Auf dem Rückweg treffe ich Frau Trampert vor dem Haus. Sie erzählt mir von ihrer Schwarzwaldreise, ihrem Hüftleiden und Kimba, den ich ab morgen wieder ausführen darf.
Zuhause sitzen meine Eltern im Wohnzimmer und trinken Prosecco.
„Ich habe gekündigt“, sagt Papa und grinst wie ein kleiner Junge, dem gerade ein Streich gelungen ist.
„Herzlichen Glückwunsch“, sage ich. „Bist du nun Schriftsteller?“
Papa guckt verlegen auf seine Schuhspitzen, schaut Hilfe suchend zu Mama und weiß nicht, was er antworten soll.
„Schriftsteller wird man nur, indem man schreibt“, sagt Mama. „Wenn wir erst in London sind, erwarte ich, dass du jeden Tag zehn Seiten in den Laptop tippst.“
Papa stöhnt auf und fasst sich theatralisch an den Kopf. Mir scheinen zehn Seiten pro Tag nicht besonders viel zu sein. Papa sieht das anders. Er kennt Autoren, die morgens einen Satz schreiben, und am Nachmittag streichen sie den Satz wieder.
„Dir stehen ja die beiden besten Musen der Welt zur Seite“, sagt Mama. „Wir werden dich beflügeln ...“
Beflügeln? Hat das nicht einmal Rico in einem meiner Träume gesagt? Genau: „Your words give wings to my dreams ...“

Da man mir nicht einmal einen Schluck Prosecco anbietet, lasse ich meine Eltern allein und schaue nach, ob Mike mir schon geantwortet hat.

From: Mike@TheElectricBoys.co.uk
To: Hupsel2412@Sunpower.de
Re: Poems

Hi Amelie,
It's true: when I was writing the poems I had a girl in mind. But I won't tell you what her name is – not **for the time being** anyway. I'm really looking forward to the concert in Frankfurt.
After the second encore I'll meet you and take you backstage. Rico and the other Electric Boys know all about it. I told Rico about the letters you wrote to him. He promised to read them all.
I enclose an older poem of mine – hope you like it.

for the time being
vorerst

The lonely raven
Nobody pays any attention to him,
Nobody looks at him.
Alone he flies through the fog.
Alone he flees his loneliness …

Das darf ja wohl nicht wahr sein. Spinne ich oder sind das nicht haargenau die Worte, die ich vor ein paar Wochen auf Ricos Homepage gelesen habe? Zum Glück habe ich mir alle seine Gedichte ausgedruckt. Ich hätte sie auch in einem Ordner abheften sollen, dann würde ich sie jetzt schneller finden. Unter einem der vielen Stapel auf meinem Schreibtisch müssen sie doch liegen. Nach einer guten Viertelstunde finde ich Ricos Verse in meinem geordneten Chaos und bin wahnsinnig enttäuscht von Mike: Er hat sich nicht einmal die Mühe gemacht, ab und zu ein Wort zu verändern. Er hat einfach Ricos Gedicht abgeschrieben und verkauft es mir als sein eigenes Werk. Wie fies, wie gemein, wie hinterhältig ...

Hält er mich für so dumm? Er weiß doch, dass ich mehrmals täglich Ricos Website besuche und den Betrug rasch merken werde. Ein Intelligenztest? Und was fange ich nun mit meiner Entdeckung an? Eigentlich müsste ich ihm auf der Stelle die Freundschaft kündigen. Mit Betrügern habe ich nichts am Hut.

From: Hupsel2412@Sunpower.de
To: Mike@TheElectricBoys.co.uk
Re: Raven

Hi Mike,
I've just read your e-mail and your poem. It's wonderful. However, I'm sorry to say it, but I'm sure I've seen this poem before. I can't think right now where I might have read it. Perhaps you can **jog my memory**. But as I told you, it is really beautiful.
Love,
Amelie.

to jog sb's memory jds Gedächtnis nachhelfen

Ich bin stolz auf mein diplomatisches Geschick. Nun habe ich ihm eine stabile Brücke gebaut, die er mühelos überque-

ren kann. Ich an seiner Stelle würde mich gleich auf den Weg machen, mich wortreich entschuldigen und das Ganze als Versehen darstellen.
Gerade habe ich die Mail losgeschickt, da liegt auch schon eine Antwort in meiner Mailbox, allerdings nicht von Mike, was ja auch Zauberei gewesen wäre, sondern von Ellen-Jo.

From: EllenJo@**KnowItAll**.de
To: Hupsel2412@Sunpower.de
Re: Best friends forever

Hi Amelie,
I'm sorry about what I said on the phone. But I'm really sad about losing you. We'll write and phone and we'll see each other in the holidays, I know that. But it won't be the same as before. It doesn't seem to **bother** you. I'm very **fond** of you, and I don't want us to fight in these last few weeks. The time with you is too **precious**. You mustn't take me too seriously if I freak out again, okay? I'm looking forward to going to the concert. The overnight stay at your aunt's is also all right. Can you **forgive** me one more time?
A big kiss from your Ellen-Jo

know-it-all Besserwisserin
to bother *hier:* stören
to be fond of sb jdn lieb haben
precious kostbar
to forgive (forgave, forgiven) verzeihen

Wow! Mir fällt ein ganzer Steinbruch vom Herzen. Und ich nehme mir vor, in Zukunft behutsamer mit ihr umzugehen.

From: Hupsel2412@Sunpower.de
To: EllenJo@KnowItAll.de
Re: Re: Best friends forever

Thanks!
You are the greatest, the best, the most beautiful, the **wisest**, and the dearest friend in the world. Don't take me too seriously either. Sometimes I'm just pretending to be cool. Or do you believe that leaving my best friend behind is really that easy for me?
A big kiss from me too.
Big hugs,
Amelie.

Die Welt ist wieder in Ordnung. Meine Eltern trinken noch immer Prosecco. Ich muss mir hoffentlich keine Gedanken machen, dass sie demnächst ein Alkoholproblem bekommen könnten. Andererseits hätte ich dann in zwanzig Jahren etwas meinem Therapeuten zu erzählen. Ich habe mal gelesen, dass Schriftsteller gerne mal ein Glas Wein trinken, wenn ihnen nichts einfällt. Aber Papa hat ja seine zwei Musen, die werden ihn schon anspornen und mit guten Ideen versorgen.
„Wir haben einen Wahnsinnshunger und keine Lust, uns in die Küche zu stellen", sagt Papa.
„Möchtest du auch eine Pizza?", fragt Mama.

wisest weiseste(r)

Immerhin denkt sie daran, dass ihre pubertierende Tochter ab und zu eine warme Mahlzeit braucht.
„Pizza Salami", sage ich.

Eine Stunde später liegen mir die Pizza und Mikes geklautes Gedicht immer noch schwer im Magen. Alle fünf Minuten schaue ich nach, ob er mir geantwortet hat. Wahrscheinlich schämt er sich in Grund und Boden und wagt sich nicht über meine diplomatische Brücke. Männer sind manchmal ziemlich feige. Behauptet Mama. Irgendwie habe ich Mitleid mit Mike. Ich glaube, er hat mir Ricos Gedicht gemailt, weil er mir damit imponieren wollte. Und warum will er mich beeindrucken? Darauf gibt es wohl nur eine logische Antwort: Mike ist in mich verknallt. Und was fühle ich für ihn? Ich kann es nicht genau sagen. Ist es vielleicht ein Bruder-Schwester-Gefühl, weil ich mir immer einen großen Bruder gewünscht habe? Oder bin ich auch in Mike verliebt? Wie war das mit den Botenstoffen? Dopamin oder so, ich weiß es nicht mehr genau. Und wie funktioniert es, wenn man sich wieder entliebt? Kann man eine Liebe wechseln wie ein T-Shirt? Es wäre sehr nützlich, wenn es einen Ratgeber für Verliebte geben würde und für solche, die nicht genau wissen, ob und in wen sie gerade verknallt sind.
Ich werfe noch einen Blick in meine Mailbox und finde tatsächlich eine Antwort von Mike. Plötzlich schwitze ich und zittere ein wenig und traue mich nicht, die Post zu öffnen.
Die Pizza war zu stark gewürzt. Ich habe bestimmt schon zwei Liter Mineralwasser getrunken und habe immer noch Durst. Meine Eltern trinken noch oder wieder Prosecco und stoßen auf die Zukunft an. Sie haben erhitzte Gesichter und noch oder wieder Hunger und wollen Essen bei einem Chinesen bestellen. Mama

überredet mich zu einer Frühlingsrolle, und ich lasse eine Weile die seltsame Fröhlichkeit meiner Eltern über mich ergehen. Bis mich die Neugierde wieder an den Computer treibt.

From: Mike@TheElectricBoys.co.uk
To: Hupsel2412@Sunpower.de
Re: No **cheat**!

Hi Amelie,
I'm very sorry that you think I'm a cheat. I'll explain everything to you in Frankfurt.
Regards,
Mike

cheat Betrüger
regards Grüße

Fremde und kühle Worte, mit denen ich wenig anfangen kann. Wie wird seine Erklärung ausfallen? Immerhin bleibt es dabei, dass wir uns in Frankfurt sehen werden.
Auf einmal bin ich schrecklich müde, nur meine Gedanken fahren noch Karussell, auch später im Bett: Rico, Mike, seine Gedichte, deine Gedichte, meine Gedichte, kleine Liebe, große Liebe, Botenstoffe, Dopamin, Serotonin, verlieben, entlieben – alles purzelt wild durcheinander, und ich habe keine Kraft mehr, die Teile aufzufangen und zu einem Bild zusammenzufügen. Selbst für einen Versuch wäre ich zu schwach. Ich ertappe mich nur noch dabei, wie ich mein Kopfkissen umarme und einen Namen flüstere: „Mike ..." Aber vielleicht war das auch nur der Anfang eines Traums, den ich gleich nach dem Aufwachen vergessen habe.

VORFREUDE und Gefühlschaos

Der kleine Herr Sommer hat sich kurz vorm Ferienende noch einmal zu einem südländischen Hitzebringer aufgeblasen. Ausgerechnet heute. Ich bin gespannt, ob Ellen-Jo sich wieder Papiertaschentücher unter die Achseln klemmt.
„We have to leave in an hour", brüllt Mama aus der Küche. Es ist tatsächlich so gekommen, wie ich es von Anfang an vermutet habe: Mama bringt uns mit dem Auto nach Darmstadt zum Bahnhof, von dort nehmen wir die S-Bahn nach Frankfurt, Tante Monika wird uns nach dem Konzert abholen und wir werden auch bei ihr übernachten.
„I'm ready", antworte ich. Na ja, wie man es nimmt, ich könnte schon wieder duschen und die Klamotten wechseln. Aber was soll's. Wenn wir in Frankfurt angekommen sind, bin ich sowieso klatschnass geschwitzt.
Do you know how much I love you ... Ich tanze mit geschlossenen Augen durch mein Zimmer, schneckenlangsam, liege auf einmal in den Armen eines Jungen. Er fühlt sich warm und weich an und riecht nach Zimt und Pfefferminz. Ich kann ihn nicht erkennen. Er trägt eine venezianische Karnevalsmaske. Wir schweben einen halben Meter über dem Fußboden. Ich fühle mich total geborgen. Ich möchte ihn nie wieder loslassen, möchte niemals aus diesem Traum fallen, möchte aber doch wissen, mit wem ich schwebe: Rico oder

Mike? Oder ein Traumboy, von dem ich noch keinen blassen Schimmer habe?
„Amelie, there's somebody at the door. Can you answer it?“ Mamas Stimme holt mich in die Gegenwart zurück. Ellen-Jo steht vor der Haustür: ein Traum in schwarzweiß, ein knöchellanger, luftiger weißer Rock, und im Kontrast dazu eine schwarze, ärmellose Bluse in Netzoptik. Geschminkt ist sie wie diese Goth-Typen: schwarze Augenränder, als hätte sie wochenlang nicht geschlafen, und dunkelblaue Lippen. Sie reißt den Rucksack von den Schultern und knallt ihn in den Hausflur. Das Teil ist prall gefüllt.

to emigrate auswandern
to die of thirst verdursten
loss Verlust

„Are you planning on **emigrating**?“ Tut mir Leid, aber ich kann mir die Frage nicht verkneifen.
„Can I have a drink?“ Ellen-Jo stürzt an mir vorbei, direkt in die Küche. Sie holt sich eine Flasche Apfelsaft aus dem Kühlschrank, setzt sie an die Lippen und trinkt sie in einem Zug aus.
„Excuse me, but I was **dying of thirst**“, sagt sie und rülpst äußerst unelegant.
„It looked like it“, antworte ich und drücke ihr ein Küsschen auf die Wange.
Ich kann Mama überreden, früher loszufahren. Sie begleitet uns bis zur S-Bahn und winkt sogar dem abfahrenden Zug hinterher. Ellen-Jo und ich schauen weg. Das Verhalten der Erwachsenen im Allgemeinen und von Müttern und Vätern im Besonderen ist manchmal oberpeinlich!
„Fear of **loss**“, konstatiert Ellen-Jo, aber ich höre ihr eigentlich gar nicht richtig zu. In meinen Gedanken bin

ich schon bei Rico und Mike, beim Treffen nach dem Konzert. Werden wir nur mal kurz hinter die Bühne geführt? Oder dürfen wir anschließend noch mit ihnen in eine Kneipe oder Disco gehen?

„It's nice when someone takes care of you without being **pushy**", sagt Ellen-Jo.

„Maybe", brumme ich. „What does my horoscope say today?"

pushy aufdringlich
to grasp begreifen

„You aren't really interested, are you?", gibt Ellen-Jo sich kratzbürstig. „You don't believe in the stars anyway. You only believe in what you can see and touch – even though there are so many things that our minds cannot **grasp**. You've got no idea." Sie unterstreicht ihre Meinung mit einer abwertenden Handbewegung. Was ist nur in sie gefahren? Hat sie es darauf angelegt, mich zu verletzen?

„Ellen-Jo Pussalla, I admit that out of the two of us you're the know-it-all, but I'm not stupid. I know perfectly well that there are some things in the world that can't be explained. That's all right."

„And why is it all right?", schnarrt Ellen-Jo.

„How should I know!"

Bis zum Frankfurter Hauptbahnhof reden wir kein Wort mehr miteinander. Ich habe keine Lust, mir von Ellen-Jo die Stimmung vermiesen zu lassen und tue einfach so, als würde ich allein in der S-Bahn sitzen. Fahren und träumen: Rico hat ja inzwischen meine Briefe gelesen, wenn es stimmt, was Mike mir geschrieben hat. Ich kann es kaum erwarten, ihm endlich gegenüber zu treten, der größte Augenblick in meinem Leben. Gerade versuche ich, mir unser Zusammentreffen in den leuchtendsten Farben auszumalen, da überläuft es mich heiß und kalt. Mike steht plötzlich zwischen mir und Rico. Der süße Mike, der wahrscheinlich in mich verliebt ist. Ich bin mir sogar ziemlich sicher. Warum sonst hätte er mir die Gedichte geschickt? Er hat sich ja sogar mit Ricos Worten geschmückt, um mir zu imponieren. Da bin ich sowieso mal gespannt, wie er mir das erklären will. Kann es sein, dass meine Vorfreude auf Mike stärker ist als auf Rico? Auf einmal wird Rico zu einem kleinen Farbtupfer, der von Mikes Leuchtkraft überdeckt wird und ...

„We have to get off!“ Ellen-Jo schreit, als ginge es um Leben und Tod. Ich bleibe die Ruhe selbst, schlendere gemächlich zur Tür und warte auf dem Bahnsteig, bis sie ihren schweren Rucksack aus der Bahn gehievt hat.

„Do you know where we have to go?“, fragt sie kurzatmig.

„To the Glasfabrik“, antworte ich.

„And you know how to get there?“ Ellen-Jo hockt sich auf ihren Rucksack und stiert der abfahrenden Bahn hinterher. Ich frage eine Frau, einen Mann, noch eine Frau, einen Mann in einer blauen Uniform. Niemand kennt die Glasfabrik.

planning Planung

„Great **planning**“, mosert Ellen-Jo. Sie schultert den Rucksack, studiert einen Fahrplan: „The next train back to Darmstadt leaves in ten minutes.“

Ich könnte Ellen-Jo erwürgen und nehme mir vor, mit ihr niemals wieder irgendwohin zu fahren.

„You can go back“, sage ich. „Nobody’s stopping you. Bye.“

Wenn Blicke töten könnten, wäre ich nun dreimal gestorben. Plötzlich taucht auf dem gegenüber liegenden Bahnsteig eine Gruppe kreischender Mädchen auf. Sie haben sich untergehakt und grölen: „Do you know how much I love you ..." Ein Mädchen kickt eine leere Coladose auf die Gleise, eine andere schwenkt ein Stück Pappe: Rico I love you ...
Selbst der dümmste Detektiv wüsste sofort, wohin sie wollen. Nur Ellen-Jo scheint absolut nichts zu schnallen.
„We have to go to the other platform!", rufe ich.
„If you say so."
Ich helfe ihr den Rucksack zu tragen. In letzter Sekunde erreichen wir die Bahn.
„That was just in time", schnaufe ich.
Ellen-Jo nickt bloß und kaut auf der Unterlippe. Ich spreche eines der Mädchen an. Vier Stationen später müssen wir aussteigen und haben nur noch einen Fußmarsch von fünf Minuten vor uns.

heat Hitze
idiotic idiotisch
to argue streiten
by the way übrigens
satisfied zufrieden
friction Reiberei

„In this **heat** an open air concert would be much better", meint Ellen-Jo.
Da kann ich ihr nur beipflichten.
„Are you still cross with me?", fragt sie.
Statt einer Antwort bleibe ich stehen, nehme sie in die Arme und drücke sie ganz fest.
„It's **idiotic** that we're **arguing** all the time", sage ich.
„Yes", antwortet sie. „**By the way**, you can be **satisfied** with your horoscope. At first there'll be **friction**, it said – I guess we just got over it. In the evening the

moon is in your sign. You're full of energy. With your charm you'll be the centre of attention wherever you go. Today you can only win."

to make sth up sich etwas ausdenken
on the spot auf der Stelle

„Sounds fantastic. Did you **make it up** for me **on the spot**?", sage ich augenzwinkernd.
„Why would I, sweetie?"
„Perhaps because you are my very best friend?", sage ich.
Ellen-Jo wirft mir eine Kusshand zu. Nun bin ich in der richtigen Stimmung für das Konzert. Als wir unsere Tickets präsentieren, müssen wir uns in keine Schlange einreihen und werden auch nicht nach Waffen oder so abgetastet. Ich spüre die Blicke der anderen Mädchen im Rücken, die uns natürlich beneiden und sich gewiss fragen: Wer sind die beiden?
Die Halle ist kleiner als in Darmstadt, und trotzdem sind kurz vor Konzertbeginn noch etliche Plätze frei. Die Electric Boys scheinen sich wirklich auf dem absteigenden Ast zu befinden.
„Are you okay?", fragt Ellen-Jo mich schon zum dritten Mal.
„I'm fine", antworte ich wahrheitsgemäß. Von der Fahrt und der Hitze bin ich viel zu erschöpft, um noch aufgeregt zu sein. Ich freue mich auf die Musik, auf Rico hinterher, aber genauso sehr auf das Wiedersehen mit Mike.
Das Gekreische schwillt zu einer ohrenbetäubenden Lautstärke an. Gleich setzt wieder das rhythmische Geklatsche ein. Diesmal lassen die Electric Boys die Fans nur zehn Minuten warten. John, Pete und Tony

schlendern auf die Bühne. Sie winken ins Publikum, coole Typen, die heute einheitlich schwarze Jeans und schwarze T-Shirts mit dem Schriftzug *Electric Boys* auf der Brust tragen.
„They look as if they're on their way to a **funeral**", flüstert Ellen-Jo in mein Ohr.
Das musst gerade du sagen, denke ich, halte aber den Mund. Sie könnte mich sowieso nicht mehr verstehen. Pete bearbeitet das Schlagzeug, während John und Tony sich an ihren Gitarren festhalten und ihrem Drummer grinsend auf die Hände sehen. Das Schlagzeugsolo dauert eine kleine Ewigkeit. Im Saal ist die Meinung dazu geteilt. Eine knappe Mehrheit scheint es gut zu finden. Der Rest fängt bald an zu buhen und verlangt nach Rico.

funeral Begräbnis
professional Profi
straight away sofort
critic Kritiker

„Supercool", brüllt Ellen-Jo mir ins Ohr. „Pete is an absolute **professional**. You see and hear it **straight away**."
„Wow. You're talking like a music **critic**. I didn't know you'd met so many drummers", brülle ich zurück.
„Well, my father was a musician!"
Auch eine Antwort. Mir geht der Krach zunehmend auf die Nerven. Endlich mäßigt Pete sich. John und Tony greifen in die Saiten, stimmen *Do you know how much I love you ...* an. Jetzt müsste Rico jeden Augenblick die Bühne betreten, tut er aber nicht. Der Unmut im Saal äußert sich in wütenden Buhrufen und Pfiffen und geht schließlich in stürmischen Applaus über, der aller-

dings ironisch gemeint ist. Die drei Electric Boys spielen unverdrossen weiter.

„Something's wrong", unkt Ellen-Jo und stellt Mutmaßungen über Rico an. „Perhaps he's taken **drugs** and can't go on stage. Or maybe he has problems with his voice again."

„Ellen-Jo, **your imagination is running wild**. Rico doesn't take drugs; he's never taken any and he never will. The only drug in his life is music", kläre ich Ellen Jo auf.

„I know, it said so on his website", sagt Ellen-Jo und lächelt vieldeutig.

drugs Drogen
Your imagination is running wild. Was bildest du dir nur wieder ein?
kidnapped entführt
patient geduldig

Auf einmal saust ein älterer Herr auf die Bühne. Er trägt einen weißen Anzug, der ihm mindestens eine Nummer zu klein ist. Mit einem Strohhut wedelt er sich Luft zu. Die Musiker brechen ab. Der Mann stellt sich vor ein Mikrofon und hebt die Hände.

„Rico's changed a lot", spottet Ellen-Jo.

„Something must have happened to him", sage ich. „Perhaps he's been **kidnapped**."

„Well, we're about to hear", meint Ellen-Jo und beugt sich ein wenig nach vorn.

„As you see, I'm not Rico." Der Mann tippt mit dem Zeigefinger gegen das Mikrofon und lächelt gequält. „Can you all understand me?" Niemand antwortet. Vielleicht sind Ellen-Jo und ich die Einzigen, die sein Englisch verstehen. Der Mann zuckt mit den Achseln und wirkt verloren und hilflos auf der Bühne. „I'd like to ask you to be **patient** for a little longer. Rico sud-

denly felt faint. A doctor is with him right now. He's already feeling much better. Rico will definitely sing for you, so please don't be **impatient**. The concert is going to start soon."
Der Mann nimmt den einsetzenden Beifall mit einer tiefen Verbeugung entgegen, als hätte er gerade gesungen. Offenbar wurde er doch verstanden. Dann rennt er von der Bühne, als ob er von tausend Fans verfolgt würde. Die Musiker traben gemütlich hinterher.

impatient ungeduldig
to reckon meinen
to spread verbreiten
rumour Gerücht

„They call it feeling faint", ätzt Ellen-Jo. „I **reckon** the guy has a problem. Alcohol or drugs or both together."
„You're crazy! What gives you that idea? Why **spread** such **rumours**? That's not your style. You heard what the man said: Rico's feeling faint. That wouldn't be strange in this heat."
Ellen-Jo setzt zu einer Erwiderung an, aber ich verschließe ihren Mund mit meiner Hand. Überall im Saal wird getuschelt. Ich werde nun auch zur Schwarzmalerin: Wenn ich Pech habe, wird Rico nach seinem Auftritt gleich im Hotel verschwinden oder ... im Krankenhaus!
Das Licht geht aus, die Bühnenbeleuchtung an. Rico erscheint: schlicht und schwarz gekleidet wie die anderen Electric Boys und erschreckend blass. Das Publikum dreht fast durch, minutenlanger Beifall. Blumensträuße fliegen auf die Bühne, Stofftiere, Päckchen. Ich muss laut lachen, denn ich weiß ja von Mike, was mit den ganzen Geschenken geschieht.

Rico faltet die Hände und bedankt sich mit einem tiefen Diener. Er sieht süß aus, einfach zum Knutschen.

patience Geduld
loyalty Loyalität

„Thank you", haucht er ins Mikrofon. „Thank you all for coming. Thank you for your **patience**. Thank you for your **loyalty**. I love Germany. I love Frankfurt. I love you all ..."
„He loves us all", lästert Ellen-Jo.
„Shut up!"
Sogar Rico scheint mich gehört zu haben. Er hält einen Moment inne und schaut mich entgeistert an. Oder bilde ich es mir nur ein? Ellen-Jo grummelt etwas Unverständliches. Ich greife nach ihrer Hand, sie zieht sie zurück. Auch gut. Warum soll immer ich klein beigeben?
John, Pete und Tony vervollständigen die Electric Boys, die nun ohne weitere Verzögerung loslegen: *Do you know how much I love you ...*
Ich hänge an Ricos Lippen. Er wirkt zart und zerbrechlich, wischt sich alle paar Sekunden den Schweiß von der Stirn. Wird er durchhalten? Oder hat er sich zu viel zugemutet? Ich wäre ihm bestimmt nicht böse, wenn er das Konzert abbrechen würde.
Er singt göttlich, seine Stimme hebt mich aus dem ungepolsterten Holzstuhl, mir wachsen Flügel. Bis zur Pause flattere ich durch den Raum, kreise über dem Publikum, lautlos wie eine Fledermaus, fliege zu Rico, der mir zuzwinkert, und stürze ab, als die grelle Saalbeleuchtung angeht.
„My bottom fell asleep", sagt Ellen-Jo.
„That's what happens when you can't fly", sage ich.

„Fly? Why fly?“ Ellen-Jo guckt mich voller Mitleid an. Ich dränge zum Ausgang. Wir stillen unseren Durst mit Cola und lästern ein bisschen über das Publikum.
„Grandmas should be **banned** from this kind of concert“, meint Ellen-Jo und zeigt auf eine Frau, die ungefähr dreißig Jahre alt ist.
„Exactly!“, pflichte ich ihr bei. „And she's going around with a silly Rico-I-love-you sign. If she were my mum, I would ...“
„Hi.“ Wie von der Decke gefallen, steht Mike vor uns. Er hebt die Hand zum Gruß. „How are you?“
„I'm fine“, antwortet Ellen-Jo. Dabei himmelt sie Mike an, als ob sie in ihn verknallt wäre – und das obwohl die Frage eigentlich an mich gerichtet war.
„That's good“, sagt Mike.
„And how's Rico?“, möchte ich wissen.
„Has he taken drugs?“, fragt Ellen-Jo in einer peinlichen Lautstärke.
„Drugs?“ Mike schüttelt heftig den Kopf. „None of us takes drugs. Whatever gave you that idea?“
„I don't know“, flüstert Ellen-Jo.
„What did I tell you?“, sage ich. „You shouldn't **jump to conclusions** and spread that kind of rubbish.“
„Rico hadn't eaten anything since breakfast“, erklärt Mike. „The sound in the hall is **lousy**. The sound check lasted much longer than usual. That's why Rico felt sick. I have to work now. See you later.“
Bei seinen letzten Worten schaut er mir lange in die Augen, ein Blitz, ein Augenkuss, ein eigentümliches Kribbeln im Bauch, so tief hat sein Blick mich getroffen.

banned verbannt
to jump to conclusions voreilige Schlüsse ziehen
lousy beschissen

Ellen-Jo und ich nehmen wieder unsere Plätze ein. Meine Gedanken kreisen um Mike. Dabei möchte ich mich auf Rico freuen, aber immer wieder schiebt Mike sich dazwischen.
„Mike is really very nice", sagt Ellen-Jo auf einmal.
„Some guys pretend to be nice, but they're actually quite different", antworte ich.
„How do you mean?"
Es liegt mir auf der Zunge, Ellen-Jo von seinem Gedicht zu erzählen, das er von Rico geklaut hat. Aber in dem Augenblick setzt die Musik ein. Ellen-Jo braucht ja auch nicht alles zu wissen.
Im zweiten Teil des Konzerts spielen die Electric Boys neue Lieder und Songs von anderen Bands. Es folgen zwei Zugaben. Ende der Vorstellung. Ellen-Jo und ich bleiben brav sitzen und schauen den Bühnenarbeitern zu, die Boxen und Scheinwerfer abbauen. Mike trägt die Gitarren von der Bühne und schraubt am Schlagzeug herum, dessen Einzelteile er dann auch wegschleppt. Er schaut kein einziges Mal zu uns hin, so vertieft ist er in seine Arbeit. Oder hat er uns vergessen?
„Ihr könnt nach Hause gehen", sagt ein junger Mann, dessen muskelbepackter Oberkörper in einem viel zu engen T-Shirt steckt.
„We'll leave when we want", sagt Ellen-Jo.
Die Englischkenntnisse des Security-Menschen scheinen arg begrenzt zu sein. Er kratzt sich an seinem fast kahlen Kopf.
„Ich bringe euch auch gerne persönlich zum Ausgang", sagt er, und es klingt nicht besonders freundlich.

„We're not babies, thanks. We don't need an **escort**", sagt Ellen-Jo.
„Langsam verliere ich die Geduld", sagt der Muskelmann. Plötzlich legt er seine Pranke auf Ellen-Jo's Schulter. Sie kreischt, stößt sirenenähnliche Töne hervor, schreckt die Bühnenarbeiter auf, die alle zu uns rüberglotzen. Der Muskelmann zuckt zurück.
„I'll report you!" Ellen-Jo's Stimme überschlägt sich. „You don't seem to have the faintest idea who you are talking to. This is going to cost you your job."
Hat der Sicherheitsmensch sie verstanden? Oder ist es nur die Art und Weise, wie Ellen-Jo ihre Sätze herausknallt, die den Mann beeindruckt? Jedenfalls lässt er uns in Ruhe, aber nur um Verstärkung zu holen. Gleich sind wir von drei Typen umstellt, die sich zum Verwechseln ähnlich sehen.

escort Begleiter
Get lost! Hau ab!

„Jetzt habe ich die Faxen dicke", sagt der junge Mann, der uns zuerst belästigt hat.
„Get lost!", brüllt Ellen-Jo.
Wo Mike nur bleibt, er könnte uns aus der Patsche helfen. Dann habe ich eine Idee. Ich zeige dem Muskelpaket unsere Eintrittskarten. Lesen kann er ja hoffentlich. Aber er will sie gar nicht sehen.
„Wir sind Gäste der Band", sage ich.
„Das sagen sie alle", kichert ein Typ. „Und jetzt raus mit euch!"
Der dritte Sicherheitsmann bequemt sich endlich, die Tickets in Augenschein zu nehmen. Er reicht sie an seinen Kollegen weiter.
„Aha", brummt der. „VIP-Gäste."

„Exactly! We are very important! Got it?“ Ellen-Jo pfeift leise vor sich hin.
„Is there a problem?“ Mike drängt sich zwischen die Männer von der Security. Hinter ihm steht – er! ER! ER!! ER!!! Noch bleicher als vorhin auf der Bühne, viel schöner als auf den Fotos, etwas kleiner, als ich vermutet habe: Rico!

BIS BALD IN LONDON

„Hi, I'm Rico. How are you? Did you like the concert?" Meine erste körperliche Berührung mit Rico: Er drückt meine Hand, nein, kein Drücken, eine zärtliche Berührung, minutenlang, Stunden, für immer ...

„Please give back my hand."

„Oh, of course. ... Sorry. ... I didn't mean to keep it. Your hand feels very soft. I mean, you have beautiful hands. They are not too big and not too small. I think they're exactly the right size. And your **fingernails** are very **well-kept**." Ich spüre, wie ich erröte und bin erstaunt über den Unsinn, den mein Mund absondert.

fingernail Fingernagel
well-kept gut gepflegt
handshake Händeschütteln

„Thanks, that's very nice of you. Could I have my hand back now?"

„Of course! I've got two hands of my own. A third hand would be one too many for me." Warum lacht er nicht? Nicht einmal die Andeutung eines Lächelns. Ist er humorlos oder versteht er mein Englisch nicht? Und warum gebe ich nicht endlich seine Hand frei?

„There were two hands that would never let go, because it was love at first **handshake** ..." Ellen-Jo hat natürlich gleich einen Spruch parat. Ich schaffe es, meine Hand zurückzuziehen.

„I'll show you how it looks backstage", schlägt Mike vor.

Ausgerechnet in dem Moment platzt Tante Monika dazwischen, die ich völlig vergessen habe. Sie uns leider nicht. In ihrem rotweißen Blümchenkleid, das um die Hüften zu eng ausgefallen ist, wirkt sie zugleich jugendlich und schrecklich altmodisch.
„Ich stehe mir draußen die Beine in den Bauch, während ihr hier drin mit jungen Männern flirtet", sagt sie. „Waren wir nicht verabredet?"
Eine nette Begrüßung und dazu eine Blamage. Was sollen Rico und Mike denken?
„Is this your mother?", fragt Mike auch prompt.
„I'm only her aunt. My name's Monika – pleased to meet you. Amelie is my brother's daughter. I live in Frankfurt, so Amelie and her friend are staying the night at my place." Ich staune über Tante Monikas Englischkenntnisse. Ihr Auftritt ist herzlich, aber kein bisschen aufdringlich oder gar peinlich. In diesem Augenblick bewundere ich sie und möchte auch einmal so selbstsicher werden wie sie.
„I understand", sagt Mike. „So we have to say goodbye right now?"
„No!", brülle ich und ziehe meine Tante zur Seite und rede mit ihr von Frau zu Frau.
„Das geht doch nicht", sage ich.
„Was geht nicht?"
„Wir wollen doch noch ausgehen, bitte." Ich hänge noch einen flehenden Blick dran.
„Ich habe deinen Eltern versprochen, hoch und heilig versprechen müssen, dich und deine Freundin gleich nach dem Konzert abzuholen." Tante Monika seufzt.
„Du hast dein Versprechen ja auch gehalten."

Tante Monika schickt noch einen Seufzer zur Decke. „Ellen-Jo und ich nehmen uns nachher ein Taxi und fahren zu dir. Das ist doch okay?“

„Ich weiß nicht“, sagt Tante Monika. „Ich habe überhaupt kein gutes Gefühl dabei. Deine Eltern haben mir erzählt, was du nach dem Konzert in Darmstadt angestellt hast. Da fällt es einem natürlich schwer, dir uneingeschränkt zu vertrauen.“

„Ach, das sind doch Geschichten von vorgestern. Inzwischen bin ich ein paar Wochen älter, reifer und klüger geworden“, erwidere ich. „Und wie soll ich dir denn beweisen, dass du mir vertrauen kannst, wenn du mir kein Vertrauen schenkst?“

Ich finde, das ist ein unschlagbares Argument, nur leider nicht für meine Tante. Jetzt sind es auf einmal die Jungs, denen sie misstraut.

„Gut, dann fahren Ellen-Jo und ich halt mit dir nach Hause“, gebe ich mich geschlagen und sofort schießen mir Tränen in die Augen.

„Ach, Amelie“, seufzt Tante Monika. Sie fingert ein Taschentuch aus ihrer Handtasche und reicht es mir. „Ich war ja auch einmal jung. Und wer hat schon die Gelegenheit, mit einem berühmten Popstar auszugehen. Aber du musst mir versprechen, keine Dummheiten zu machen. Und ich erwarte, dass ihr in zwei Stunden vor meiner Haustür steht. Versprochen?“

„Hoch und heilig“, versichere ich. Dabei hätte ich gerne noch gewusst, was sie unter Dummheiten versteht. Tante Monika schultert Ellen-Jos Rucksack, schickt einen Seufzer zu Rico und geht. Ich bin sicher, sie wäre gerne an meiner Stelle.

Ellen-Jo hat sich bei Rico untergehakt und quatscht ihn voll. Mike wirkt ein wenig verloren neben den beiden. Ellen-Jo zieht Rico noch enger an sich, als sie mich sieht.

„Are you feeling better now?", fragt sie, ohne Rico loszulassen. Anscheinend gefällt es ihm, denn bei ihr möchte er seinen Arm nicht zurückhaben. Wut steigt in mir auf, aber sie verfliegt auch gleich wieder, als Mike nach meiner Hand greift.

„Would you still like to see what happens backstage?", fragt er.

„I've already seen lots of stages, as a child", protzt Ellen-Jo. „My father was a musician, you know."

„Really?" Rico guckt sie fragend an. Aus Ellen-Jo sprudelt es nur so heraus.

„Very interesting", wirft Rico ab und zu ein. Dann zieht er sein Handy aus der Hosentasche und schaut lange auf das Display.

to be starving
vor Hunger sterben

„Are you expecting a text message?", fragt Ellen-Jo unverblümt.

„I'm hungry", entgegnet Rico. Er kann sogar lachen. Aber er lacht nur mit sich selbst, schenkt es weder mir noch Ellen-Jo.

„**I'm starving** as well", sagt sie.

„Okay, you can both come and have dinner with us", meint Rico und befreit sich ruckartig aus Ellen-Jos Klammergriff. „We've got a table reserved at the hotel. You can get to know the other boys. All right?"

„Great!", jubelt Ellen-Jo und versucht sich wieder bei Rico unterzuhaken. Diesmal weicht er ihr mit einem Schritt zur Seite aus. Sie stolpert ins Leere und fällt beinahe hin.

„That was cool“, sage ich.
Ellen-Jo zeigt mir den Stinkefinger. Ich hätte es ihr gegönnt, wenn sie gestürzt wäre. Bin ich eifersüchtig? Ich lausche tief in mich hinein. Kein Zeichen von einem nagenden Gefühl, nur etwas Wut, weil Ellen-Jo sich so plump anbiedert, viel zu direkt und ziemlich peinlich für meinen Geschmack.
„Okay, come on, we don't want to keep the driver waiting any longer“, sagt Rico.
Er läuft voran, wir folgen ihm: ein König und sein Gefolge. Draußen steht ein schwarzer Van bereit. Die Fenster sind getönt. Ich vermute, dass die anderen Boys schon im Auto sitzen. Fehlanzeige. Nur ein dicker Mann mit Halbglatze grinst uns an.
„He doesn't look like a chauffeur“, meckert Ellen-Jo. „He isn't even wearing a uniform ...“
Langsam wird ihr Benehmen unerträglich. Bei nächster Gelegenheit werde ich ihr die passenden Worte zuflüstern.
„Why should Brian wear a uniform? The Electric Boys aren't a military band“, kontert Rico.
Ellen-Jo hält endlich ihren Mund. Mike nimmt neben dem Fahrer Platz. Ellen-Jo und Rico machen es sich auf der Rückbank bequem. Ich sitze in der Mitte, allein, gnadenlos allein. Wenn wünschte ich neben mir? Ganz bestimmt nicht Ellen-Jo! Mike oder Rico? Ich bin mir nur sicher, dass ich mir eben nicht sicher bin. Rico erweckt nicht gerade den Eindruck, ich könnte ihm etwas bedeuten. Genau genommen beachtet er mich gar nicht. Ich möchte mich umdrehen und ihm zurufen: „It's me, Amelie, your evening star ...!“

Was würde es bringen? Vermutlich nichts. Die seltsame Achterbahnfahrt der Botenstoffe in meinem Kopf nimmt einfach kein Ende, dafür die Reise im Van. Wir halten vor einem schicken Hotel in der Frankfurter City, fahren aber gleich wieder weiter: Der Eingang wird von Fans umlagert, knapp fünfzig würde ich sagen. Dasselbe Spiel wie in Darmstadt. Ein paar ausgeflippte Mädchen schlüpfen unter dem rotweißen Plastikband durch, das die Grenze markiert. Dahinter warten Polizisten, die keine Mühe haben, die Mädchen wieder an den ihnen zustehenden Platz zu schieben.
Brian umkurvt das Hotel und steuert die Tiefgarage an. Ein Fahrstuhl bringt uns in die siebte Etage und ins Restaurant, wo John, Pete, Tony und der schwitzende Mann mit dem Strohhut schon guter Stimmung sind. Letzterer heißt Phil und ist der Manager der Gruppe. Wir setzen uns dazu. Zwei Kellner umschwirren uns. Rico bestellt Orangensaft. Ich schließe mich an.
„We should drink champagne“, meint Ellen-Jo.
„You can order what you like“, sagt Rico und wirkt dabei kühl wie ein nordischer Herbst. Dann fiept sein Handy. Plötzlich ist er völlig verändert. Seine Gesichtszüge entspannen sich. Er lacht. Die Augen sprühen vor Freude.
„Hi, great to hear your voice. Are you okay? Wait a minute – I'll call you back from my room.“ Er haucht einen Kuss ins Handy. „Excuse me. I'm just going to make a phone call. I won't be long.“
„Do you have to say good night to your mother?“ Ellen-Jo kann es einfach nicht lassen. Am liebsten würde ich ihr ein Pflaster auf den Mund kleben. Ich

blättere die Speisekarte vor und zurück. Das Essen scheint nichts zu kosten, denn es sind keine Preise angegeben. Ich entscheide mich für einen Salat. Ellen-Jo rückt Pete auf die Pelle.
„Your solo was absolutely brilliant. You are the world's greatest living drummer."
„Thanks, that's very nice of you", antwortet Pete wie ein wohlerzogener Schuljunge.
Der Manager kaut an einem kalten Zigarrenstummel und verabschiedet sich auch bald.
„Is Rico coming back?", frage ich Mike nach einer Weile.
„It could take some time", antwortet er. „He can talk for hours when he calls ..."
John räuspert sich ungehalten und wirft Mike einen bösen Blick zu. War Mike gerade dabei, etwas auszuplaudern, was niemand wissen darf? Ricos großes Geheimnis?
Tony spielt auch während des Essens einhändig mit seinem Gameboy. John schneidet ab und zu Grimassen. Und Pete unterhält sich inzwischen sehr angeregt mit Ellen-Jo.
„I'm bored", sagt Tony auf einmal. „I don't want to be bored. Anybody got any idea what we can do about it?"
„Go dancing!", ruft Ellen-Jo und klatscht in die Hände. „In Frankfurt there are sure to be some really good clubs."

to recommend
empfehlen

„Great idea!", brüllt John und klatscht ebenfalls. Er winkt einem Kellner. „Can you **recommend** a really cool club?"

Der Mann schiebt die Unterlippe über die Oberlippe, zupft an seinem Ohrläppchen und nennt dann drei Namen: „Flyer, **Nightmare** und Casablanca ..."
„Many thanks." John steckt dem Mann einen Geldschein zu, zwanzig Euro, wenn ich mich nicht täusche. So übel scheint es den Electric Boys also noch nicht zu gehen.
„**It's up to you**. Where should we go?" John wirft eine Serviette in Richtung Ellen-Jo.
„Nightmare, I want to go to Nightmare. I like the name", sagt Ellen-Jo.
„And where do you want to go?", fragt Mike mich mit einer heiseren Flüsterstimme.
„Actually, I don't really feel like a lot of people and music", flüstere ich zurück. „I'd like to talk to you. But what about Ellen-Jo?"
Sie und die anderen stehen schon in die Startlöchern. Mike und ich bleiben unschlüssig sitzen.
„You can't be tired", ruft Ellen-Jo. „Let's go dancing! What are you waiting for?"
„I don't feel like it", sage ich.
„I understand: you're waiting for Rico. I'm afraid you could **be in for** a long wait." Ellen-Jo pustet mir einen Kussfinger zu.
„**More to the point**, my aunt is waiting for us", reibe ich ihr unter die Nase.
„We'll phone her and let her know that we're going to be a bit late. What's the problem?"
Das ist einmal ein guter Einfall von Ellen-Jo. Ich krame

nightmare
Albtraum
It's up to you.
Du entscheidest.
to be in for
erwarten
more to the point
wichtiger noch

mein Handy hervor, suche nach Tante Monikas Nummer, rufe sie aber nicht an.
„I'll give you Monika's mobile number. From now on we'll go **separate** ways. I want to stay with Mike. You go and have a good time with the boys. When you've had enough, take a taxi to this address. Okay? And don't forget, we have to be there by one o'clock."

separate getrennt
nutcase verrücktes Huhn

Ich lasse mir von Mike einen Kugelschreiber geben, notiere Monikas Adresse auf einen Bierdeckel und stecke ihn Ellen-Jo zu.
„Okay!" Ellen-Jo zeigt mir den Rücken, dann wendet sie sich Mike zu: „Take care of my Amelie. She's the best friend I've got. Even if she's quite strange sometimes, there's no better friend."
Ach, meine Ellen-Jo, manchmal ist sie zum Lachen komisch, dann wieder unerträglich wie ein Migräneanfall und letztendlich die Freundin, die man sich nur wünschen kann. Wir umarmen und knutschen uns, als würde ich jetzt schon nach London fliegen. Gleich heule ich los.
„Get lost, you **nutcase**! Have fun!" Dann bin ich plötzlich nicht mehr umärmelt und bemäntelt und schrecklich traurig. Ich wünsche mir, Mike würde die Umarmungslücke ausfüllen, ohne Lückenbüßer zu sein. Ich glaube, ich mag ihn, ganz doll sogar.
„How about vanilla ice-cream and chocolate sauce?", frage ich.
„Great."
Wir verlassen das Hotel und finden rasch eine Eisdiele.

„Do you mind telling me who Rico's talking to on the phone for such a long time?" Leider kann ich meine Neugierde nicht zügeln, obwohl ich mir die Antwort an fünf Fingern abzählen kann.
„What do you think?" Mike schleckt Schokoladensoße von seinem Löffel. „His girlfriend, of course!"
„I thought so."
„Really?" Mike schaut mich ungläubig an. „I thought you believed everything on his website and in the magazines: the lonely boy in search of his great love. But he found her last year. She's called Kathy; she's a **Japanese-American girl**. I've met her a couple of times. She's very nice. She even lives with him now, but they never appear **in public** together because the management won't let them."
„Would you hide your girlfriend as well?"
„No, of course not!", antwortet er ohne zu zögern und klingt überzeugend.
„But would you send her poems and tell her that you wrote them even though they were by someone else?" Richtig süß, wie er auf einmal rot anläuft. Er rührt in seinem Eisbecher, und ich finde ihn rührend verlegen.
„It doesn't matter what you do, the main thing is that you do it for love", sage ich.
„Sometimes **appearances are deceptive**", murmelt er und kratzt das restliche Eis aus seinem Becher. Wie meint er das? Will er damit sagen, dass er mir das Gedicht keineswegs aus Liebe geschickt hat? Er schiebt den Becher von sich. „Do you want to hear a story?"

Japanese-American girl Amerikanerin japanischer Herkunft
in public in der Öffentlichkeit
appearances are deceptive der Schein trügt

„If it's a good story and a true one", antworte ich.
„True stories aren't **necessarily** good and good stories aren't necessarily true", sagt er und legt die Stirn in Falten.
„Okay, I'm listening ..."
„Once upon a time there was ..."
„It's a fairytale?"
„A fairytale, a tragedy, a drama, who knows? You can decide when you've heard the story, okay?" Er fährt sich durch die Haare und unterdrückt ein Gähnen.
„Okay", sage ich.
„Well, once upon a time there was a boy who wanted to be a musician more than anything in the world. He'd done everything he could to reach his **goal**. The boy wrote lyrics and **composed** songs. He also had a good voice. But he wasn't as incredibly **good-looking** as you need to be to be a pop star nowadays. Still, he didn't give up hope. He **performed** in pubs and clubs, and he always got good feedback and **favourable** reviews. One day he heard about a competition. A **record label** and a **TV station** were looking for a new boy band to **record** an album. The boy and hundreds of others **applied**. The boy was lucky, he reached the final round.
But he didn't win. The audience didn't vote for him. There were others who weren't better musicians, but who were better-looking. The four winners were brought

(not) necessarily (nicht) unbedingt
goal Ziel
to compose komponieren
good-looking gut aussehend
to perform auftreten
favourable vorteilhaft
record label Plattenfirma
TV station Fernsehkanal
to record aufnehmen
to apply sich bewerben

together and turned into a boy band. The singer looked great, but he wasn't very **talented.** To begin with the band wasn't successful. Then somebody from the record label remembered the other boy. From then on he was part of it all. They published his songs. He worked hard with the others at the studio. They paid him lots of money. But someone else became famous. Believe it or not, the boy was actually OK with that. Until the day when he got to know a wonderful girl. He **fell in love** with her. He wrote poems for her ..."

talented begabt
to fall in love sich verlieben
to drop out ausscheiden

„Do you mean to tell me that this boy is you? And that you wrote the Electric Boys' songs, and all Rico's poems?"

„Not all the songs, but all the poems – as a ghost writer, so to speak", sagt er mit Leidensmiene und sieht mich dabei so komisch an.

Seltsam, ich bin nicht überrascht. Irgendwie habe ich mit so einer Geschichte gerechnet. Ich mag sie. Der Schluss ist noch offen, aber das macht nichts. Gute Geschichten haben meistens kein Ende, nicht wirklich, obwohl es mich kribbelig macht, wenn ein Buch ein offenes Ende hat. Vielleicht hat Mike ja schon eine Idee.

„And how does the story go on?"

„That's not for me to decide", fährt er fort.

„What does that mean?"

„We've already agreed that I'll **drop out** of the band. In the autumn I start studying music at college in London. I earned a lot of money in a short time, which

means I don't have to worry about **financing** my **studies**. And I'll only make music I like from now on."
„Were you Rico's voice too?"
„No, no, Rico's voice is okay." Er lacht eine Spur zu schrill. „I wasn't his ghost singer as well."
Ich verschwinde auf der Toilette, muss für ein paar Minuten für mich sein, brauche Zeit, um mir die Geschichte noch einmal durch den Kopf gehen zu lassen. Ich glaube ihm jedes Wort. Die Story hat von allem etwas: Sie ist tragisch und komisch, dramatisch und märchenhaft, und ich weiß, wie man ihr ein Happyend hinzufügen könnte, ein vorläufiges, nicht für ewig, aber vielleicht doch für lange, lange Zeit ... Ob er an diese Möglichkeit auch schon gedacht hat?

to finance finanzieren
studies Studium

Ich spritze mir kaltes Wasser in mein erhitztes Gesicht, sehe im Spiegel eine freudestrahlende Amelie und spüre ein wunderbares Glückskribbeln im Bauch. Mein Traumboy winkt mir zu. Ich bleibe neben ihm stehen.
„I'd like to go somewhere else", sage ich.
„Where to?"
„Perhaps outside, to get some fresh air", sage ich.
Draußen ist es noch immer angenehm warm. Wir laufen nebeneinander her. Wie zufällig berühren sich ab und zu unsere Hände, ein schüchternes Befingern, bis mein Zeigefinger schließlich bei seinem Zeigefinger Halt sucht und findet. Wir erreichen den Main, der mitten durch Frankfurt fließt, laufen über eine eiserne Brücke, bleiben nach wenigen Metern stehen und star-

ren auf den Fluss. Ein halber Mond spiegelt sich im Wasser.
„I'm very glad that you don't think I'm a cheat any more", sagt er. „Or do you have any **doubts** about my story?"

doubt Zweifel
fixed festgelegt
to break up sich auflösen
career Karriere

„I believe every word of it, my poet." Ich lege ganz viel Zärtlichkeit in meine Stimme und hoffe, er merkt es.
„Thanks. That's really nice of you … Amelie, when are you coming to London?"
„Soon, very soon", antworte ich. „The exact date isn't **fixed** yet. Will we meet in London from time to time?"
„Of course. As often as you like."
Die anderen Finger werden eifersüchtig auf den Zeigefinger und wollen sich auch verfingern. Bald haben sie es geschafft: Mike und ich schlendern Hand in Hand über die Brücke.
„What will happen to the Electric Boys when you aren't writing their songs any longer?"
„They'll **break up**. This autumn. But it would have happened anyway, even if I hadn't left the band. Rico is planning a **career** as soloist. John wants to study in America. Pete and Tony are more into soul music – they're going to start their own band."
Wir setzen uns auf eine Bank und schauen auf den Fluss. Mit dem bevorstehenden Ende der Electric Boys habe ich nicht gerechnet. Vor gar nicht mal so langer Zeit hätte ich über diese Aussicht Millionen Tränen vergossen. Nun kann ich ganz gut damit umgehen. Irgendwie ist es so, als hätte ich gerade meinen letz-

ten Milchzahn verloren. Ich schmiege mich an Mike, der seinen Arm um mich legt.
„Aren't I too young for you? I'm only fourteen."
Mike lacht. „Aren't I too old for you? I'll be nineteen next month."
Nun müssen wir beide lachen. Ich schließe die Augen. Es geschieht alles zum ersten Mal: Er küsst mich zärtlich und mit viel Gefühl. Wir züngeln mit den Zungenspitzen, Vanillegeschmack mit einem Hauch Schokosoße: Do you know how much I love you ...
Es sind leider nicht Mike's Worte, nur der neue Klingelton auf meinem Handy. Soll ich es klingeln lassen?
Mike rückt ein wenig von mir weg.
„That's probably your aunt", sagt er. „Or your friend."
Auf dem Display erscheint Ellen-Jos Nummer. Warum muss sie ausgerechnet jetzt stören?
„What's up?"
„Wo steckst du nur?", fragt Ellen-Jo im Tonfall einer besorgten Mutter. „Wir warten schon ewig auf dich."
„Wer, wir?"
„Monika und ich, Süße."
„Wieso, ist es denn schon eins?"
„Zehn Minuten habt ihr noch", sagt Ellen-Jo.
Es gelingt ihr immer wieder, mich in Erstaunen zu versetzen. Mit allem hätte ich gerechnet, nur nicht damit, dass sie vor mir bei Tante Monika eintrifft.
„In der Disco war es totlangweilig", erklärt Ellen-Jo. „Öde Typen und lahme Musik. Und vergiss die Electric Boys! Jeder Junge an unserer Schule ist tausendmal amüsanter. Und wie steht's mit dir? Wo bist du denn? Ist Mike bei dir?"

„Mhmh“, nuschele ich.
„Ach so, er sitzt wohl direkt neben dir. Verstehe. Und, wie küsst er?“ Ellen-Jo’s direkte Art bringt mich ins Schwitzen. Ich spüre, wie ich erröte. Bevor ich etwas sagen kann, hat Tante Monika ihr das Handy aus der Hand genommen und hält mir einen Vortrag über Vertrauen und gegebene Versprechen, die man gefälligst auch einzuhalten habe. Ich solle mir ein Beispiel an meiner Freundin nehmen.
„Ja, ist ja schon gut. Ich bin gleich bei dir.“ Ich beende das Gespräch und möchte zu gerne in die vorherige Schokosoßengeborgenheit und in die Arme von Mike zurückfinden. Er schaut auf seine Armbanduhr und sagt mit einem vorwurfsvollen Unterton: „Do you know what time it is? It’s almost one o’clock. Let’s go and look for a taxi. I’ll take you to your aunt’s, okay?“
„Okay.“
Mein Herz möchte die ganze Nacht neben ihm sitzen, ebenso meine Finger, meine Lippen, meine Zunge, aber mein Verstand behält die Oberhand. Und was fühlt er? Er wirkt auf einmal so schrecklich vernünftig: Wie der große Bruder, der auf die kleine Schwester aufpasst.
Im Taxi kuschle ich mich in seinen Arm. Die Fahrt endet viel zu schnell. Mike bleibt im Wagen sitzen.
„I’ll see you soon in London“, sagt er. „Do you know how much ...“ Die letzten Worte werden von einem knatternden Motorrad verschluckt, das gerade um die Ecke biegt.
„See you soon in London!“, rufe ich dem abfahrenden Taxi hinterher.

Love is in the air . . .

Weitere spannende Love-Stories für Englisch-Freaks

Love Takes a Detour –
Liebe auf Umwegen
Girls in Love
Von Christine Spindler

King of Hearts –
König der Herzen
Girls in Love
Von Carole Eilertson,
Dagmar Puchalla

Love at Second Sight –
Liebe auf den zweiten Blick
Girls in Love
Von Herbert Friedmann

Knights, Kisses and
Lovers' Oaths –
Ritter, Küsse, Liebesschwüre
Girls in Love
Von Momo Evers

Langenscheidt
...weil Sprachen verbinden

Infos & mehr
www.langenscheidt.de